जब शब्द नहीं थे

साहित्य अकादेमी पुरस्कार से सम्मानित कवयित्री

जब शब्द नहीं थे

गायत्रीबाला पंडा

ओड़िआ से हिंदी अनुवाद

राजेंद्र प्रसाद मिश्र

प्रलेक प्रकाशन

(Imprint of PRALEK PUBLISHING HOUSE PVT. LTD.)

प्रलेक प्रकाशन
PRALEK PRAKASHAN
(Imprint of PRALEK PUBLISHING HOUSE PVT. LTD.)
मुख्य कार्यालय : 702, जे-50, ग्लोबल सिटी, विरार (वेस्ट), मुम्बई, महाराष्ट्र-401303
दिल्ली एनसीआर ऑफिस पता : 03/सी, ज्ञान खण्ड-4 इंदिरापुरम गाजियाबाद, उ.प्र.-201014
E-mail : pralek.prakashan@gmail.com
Website : www.pralekprakashan.com
दूरभाष : +91 7021263557

जब शब्द नहीं थे : गायत्रीबाला पंडा
Jab Shabd Nahin The : Gayatribala Panda

ISBN : 978-93-58693-74-4 (PB)

प्रथम संस्करण : 2025

आवरण : प्रकाश महापात्र

(प्रलेक प्रकाशन का लोगो मिक्की पटेल की तूलिका से।)

अनुक्रम

भात

तुमने प्रेम किया है, ईश्वर?

रात बारह पैंतालीस पर
यह सवाल तुमसे क्यों पूछ रही हूँ
कह सकते हो मुझे पागल।

कई दिनों से
गीला कपड़ा लपेटे पेट पर सो रही हूँ
कितना कुछ घटित हो जाता है
इस शहर में
इस समय में
इस देश में
फ़र्क नहीं पड़ता किसी को।
ताक रही हूँ मुट्ठीभर भात की ओर
वह मुट्ठीभर भात ही मेरा प्रेम है
वही मेरा प्राण है।

रात जैसे-जैसे गहराती है
बढ़ता जाता है मेरा उन्माद
आसमान में तारे खिलने पर लगता है
भात खदबदा रहा है हाँड़ी में

महक से उसकी महक उठता है पिंड मेरा
जबकि गर्भगृह में
रहते हो तुम नीरव, निर्विकार।

इस्स! कैसा कमनीय है रूप चतुराई का!

मुट्ठीभर भात के लिए
क्यों इतना बकबका रही हूँ?
इतिहास में भात के लिए हाथापाई
किंवदंतियों में भी है भात को लेकर शोर-शराबा
जी रहे कालखंड में भात-भात और भात को लेकर
लगी रहती है सवालों की झड़ी।

टिड्डीदल चाट जाते हैं खेतों को
एक बार तो आ जाओ ईश्वर
खेत बचेंगे तभी तो बनेगी बेले की माला!

भूख के लिए भूत सवार होने पर
किस काम की है बेले की माला?

□□

आग

तरह-तरह की आग
अपने अंदर जला रखी है।

उत्ताप से दहक रही हूँ
दहकती जा रही हूँ।

चूल्हे में जलती आग
जंगल जलाती आग
वज्रपात से छिटककर आती आग
भूखे पेट में जलती आग के सिवाय
और भी कई तरह की आग होती है
अदृश्य हो जलती है तो जलती रहती है।

लालच भी सर्वग्रासी आग में तब्दील होकर
खाक बना डालती है कालखंड को
एक दिन पीड़ा बन जाती हैं चिनगारी
अपमान फैल जाता है आग बन
शिराओं-प्रशिराओं में बिजली की रफ्तार से।

ख़ाक बने स्वप्न-स्तूप से उठते धुएँ में
तेज आँच है।

खौला देता है हृदय का अतल तल
मानो समय बन जाता है
स्थाणु और स्थविर!
वासना की आग कितनी भयावह होती है
कोलाहल या रुलाई सुनाई नहीं देती कहीं से
कत्थई बन जाता है मर्मस्थल।

प्यार की आग बुझाना कतई आसान नहीं
सबसे अधिक आँच होती है प्यार में
हार-जीत का कोई मतलब नहीं होता
तमाम उम्र दहकना पड़ता है
एक जैसे उल्लास में, उदासी में
जो प्राप्ति है, वही है अप्राप्ति प्यार में।

मेरे दिन-रात, सुबह-साँझ
हर जगह हैं आग की लोरियाँ
लोरियों में है अपूर्व ताल-लय-छंद
छंद में जीवन, छंद में मृत्यु
आग को लेकर सिर्फ इतना ही सच है।

□□

चाबी

इस कमरे में रहती हूँ मैं
और एक काल्पनिक चाबी लिए मुक्ति की
डोलती फिरती हूँ
इस छोर से उस छोर तक कमरे में।

मेरा मालिकाना स्वत्व है जिसके पास
संतुष्ट है वह
इस निर्दिष्ट कमरे में
मेरी समान रूप से आवाजाही से।

किसे मालूम है
ढेरों चाबियाँ
खो चुकी हूँ मैं जान-बूझकर
अपनी इस उम्र तक आते-आते
दुनिया जिसे सुख कहती है उसी सुख की
बड़ी लापरवाह-सी।

कई चाबियाँ नई खरीदी गईं-सी
अब भी चमक रही हैं दराज़ में

जबकि कुछ ताले खो चुके हैं कब के तो
कुछ खराब हो चुके हैं ज़ंग लगे ताले
हूबहू मेरे सपनों की तरह,
अजीब है मेरा शौक़
नई जैसी दिखती पुरानी चाबियों को
सहेजकर रखने का।
जिनका कोई आकर्षण
या आवश्यकता नहीं है ज़िंदगी में।

यह घर बहुत बड़ा है
जब कोई कहता है
तब मेरी हँसी के पंख
समाते चले जाते हैं हवा में।
मैं कितनी सुखी और खुशनसीब हूँ जब लोग कहते हैं तो
चुप रहना भी एक कला है
क्या मैं समझा पाती हूँ किसी को
भले ही हो बातों-बातों में!

मेरी कमर में भी लटका रहता है

चाबियों का एक गुच्छा
हर कमरे की चाबी का।
किसी कमरे में मेरी उदासी
दीवार से टिकी बैठी होती है तो
किसी में मेरी अन्यमनस्कता
खिड़की की रेलिंग से होकर
बाहर ताक रही होती है,
किसी कमरे की खाट पर
करवट बदलते रहते हैं मेरे पुराने दुख
तो किसी कमरे के फ़र्श पर बैठकर
मेरा बचपन साँप-सीढ़ी खेलने में मस्त रहता है
और किसी में मेरी दबी उसाँसों से
भूकंप-सी हिलने लगती हैं कमरे की चीजें,
किसी कमरे की दीवार पर लिस गई होती है
हँसते-हँसाते रो पड़ने के आँसुओं की बूँदें
और कहीं जाले लगे
अप्रकट क्षोभ मेरे।

सारे कमरों की चाबियाँ

कमर में लटकाए रहती हूँ मालकिन बन
पर मेरा मालिकाना स्वत्व होता है जिसके पास
क्या वाकई वह जानता है
किस कमरे में क्या रखा है मैंने
कितनी चीज़ें, कितने आर्तनाद
कितने समझौते, कितने विषाद!

वह सचमुच की चाबी हो या काल्पनिक
चाबियों का गुच्छा कमर में खोंसकर
घर भर में डोलते रहना ही तक़दीर है मेरी
आदिम और अवधारित।

□□

जब मैं नहीं होऊँगी

जब मैं नहीं होऊँगी
मेरी किताबों की ताक के पास जाना
वहाँ मेरी अन्यमनस्कता और अंतर्दाह
करीने से सजे हुए हैं
समय मिले तो उन्हें जरा सहला देना।

किसी किताब के पन्ने में होगा
मेरी तमाम रातों का उनींदापन
किसी किताब के पन्ने पर
सुखी जैसे दिखते क्षण से सराबोर
मेरी सघन उदासी
किसी किताब में होगी
मेरी थक-हारकर बैठी होने की लाचारी
किसी किताब की ज़िल्द पर
गिरकर सूख चुकी होंगी
सबके अनजाने छुपा-छुपाकर रोयी आँसुओं की बूँदे,
सबसे ज्यादा निस्संग समय की दबी हुई सिसकियाँ
मिलेंगी कविता की किताबों के पन्नों पर

समझ जाओगे, ज़िंदगी भर कितनी एकाकी रही मैं
किस तरह शब्दों को सहारा बनाया था!

जब मैं नहीं होऊँगी
मेरे टेबुल के पास जाना
मेरे न होने की वजह से
टेबुल पर जमी धूल पोंछ देना
न जाने कितने उनींदे प्रहर, कितनी अस्थिरताओं
कितने उल्लास, कितनी निस्संगताओं की
मूक साक्षी है वह टेबुल
थक जाने पर
या हुलस उठने पर
हर बार लिवा जाता था मुझे
एक-सी आंतरिकता से।
इधर-उधर बिखरी पड़ी
कुछ अन्यमनस्कताओं को छूना तुम,
तुम्हारे स्पर्श के इंतज़ार में ही तो
इतने दिनों, महीनों और सालों से

पड़ी हैं वे वहाँ
इंतज़ार की मुद्रा में।

जब मैं नहीं होऊँगी
मेरी इस विचित्र गुफा में
एक बार जाना,
दुखी मत होना,
तुम्हें दुखी नहीं देख सकती थी तभी तो
मुस्कराते हुए बिता दी पूरी उम्र
जिसे दुनिया ने कहा
बेहद भरा-पूरा जीवन, सुठार, सुंदर।

□□

नारी की खामोशी

जो-जो कुछ बता न सकी दुनिया को
उसी आतंक, उसी आतुरता
उसी आग्रह, उसी अस्थिरता
उसी अंधेरे, उसी उनींदेपन से
गढ़ी है मैंने यह कविता।

पीड़ा को प्रतिबद्धता
प्रतिवाद को प्रेम
और प्रश्न को प्रार्थना में बदलते समय
दरकते हृदय के अभ्यंतर की तबाही
कहीं किसी को दिख न जाए तभी है
मेरी यह खामोशी।

किसी नारी की खामोशी को
उसकी असमर्थता, लाचारी
या अनाग्रह कहते समय
जो लावा फूटते रहते हैं
आत्मा के अतलतल में

उसी तीव्रता से
गढ़ी है मैंने यह कविता।

किसी नारी की खामोशी
दुनिया को जरा भी
अधीर या अवाक् नहीं करती
समय को नहीं करती तटस्थ या हतप्रभ
ईश्वर को स्तब्ध या उदासीन नहीं करती
किसी नारी की खामोशी
इतनी मामूली है कि
किसी के विवेक में
हलचल तक नहीं होती।

उसी खामोशी की लपटें
फैलते वक्त ब्रह्मांड में
जिस जलाँध की महक मँडराती है अंतःकरण में
उसी महक से गढ़ी है मैंने यह कविता।
प्रचंड विस्फोट से तहस-नहस होते वक़्त अस्तित्व
होंठों की साँध में

तब भी चिपकी होती है जो मुस्कान
उसी मुस्कान की करुणा से
गढ़ी है मैंने यह कविता।

जो-जो कुछ न बता पाकर दुनिया को
तमाम उम्र खामोशी से जी लेती है एक नारी
उसी नर्क की यंत्रणा, उसी आग
उसी नम्रता, उसी निस्संगता से
गढ़ी है मैंने यह कविता
यह कविता, एक नारी की खामोशी है।

□□

माँ का नाच

माँ का नाच मैंने कभी नहीं देखा।

'और कितना नाचूँ जीवनभर'
माँ को कहते
कभी नहीं सुना मैंने,
बर्तन माँजते हुए, पोंछा लगाते हुए
माँड़ निकालते हुए, रोटी बेलते हुए
मन ही मन गुनगुनाते वक़्त अस्पष्ट स्वर में
मुझे हमेशा नाचने का लय दिखा है
जो नाच आम तौर पर
नाच में नहीं गिना जाता।

तू थकती नहीं माँ?
कुतूहलवश पूछने पर
मेरा यह सवाल सुनकर भी
वह न सुनने-सी रह जाती है
फिर किसी दूसरे काम में जुट जाती है।

कब तक नाचती रहेगी तू?
खीझकर पूछने पर

वह हैरत से देखने लगती मेरी ओर
आदत डाल लेने पर
सब कुछ ढल जाता है आदत में
आसानी से
वह कहती है।

माँ के पूरे मन में असंख्य दरारें हैं
ये दरारें समय की खामोश आर्तनाद हैं
आर्तनाद को आग्रह से अपनाने की कला
वह जानती है तभी तो
यह गृहस्थी ठीक-ठाक चल रही है।

माँ के पैरों में भी बिवाइयाँ हैं
बिवाइयों को सहलाते हुए
मेरे तमाम मारक प्रश्नों के आगे
वह एक अबोध बालक-सी मुस्करा देती है
हर बार एक सुंदर झूठी कविता की
पंक्ति बन जाती है।

अपनी-अपनी खामोशी को अर्थपूर्ण बनाकर
नाचने के ताल-लय से काँप उठता है हृदय
माँ नाचती है, मैं नाचती हूँ
कोलाहलमय इस अद्भुत पृथ्वी की ओट
एक अपरिचित कंपन से डोलने लगती है।

□□

नागरिक

किसी से कुछ नहीं कहती
चुप रहने की आदत जो पड़ने लगी है।

बाहानगा की रेल दुर्घटना में
मर गए जो लोग
उसका सही आँकड़ा क्या था?
किसी से नहीं पूछा।

रेल की पटरियों पर, यहाँ-वहाँ
बिखरी पड़ी हैं आँखों की पुतलियाँ,
हाथ, पैर, सिर, अँगुलियाँ और अँतड़ियाँ,
बोरों में भर-भरकर
ट्रकों में फेंके जा रहे हैं शव,
कतारों में रक्त-दान करने को खड़े
लोगों की अधीरता टी.वी. में देखी है,
देखी है शव के चेहरे से कपड़ा हटाकर
बेटे को ढूँढ़ते बाप की लाचारी
वातानुकूलित कमरे में बैठे होने पर भी

बदन से घमाघम बह रहा है पसीना
आँखों से बह चली है आँसुओं की धारा
करोर जाता है सीना
जबकि उनमें से कोई नहीं
रिश्तेदार मेरा।

मेरे सिर पर आकाश
पैरों तले ज़मीन न होने-सा लग रहा है
लटकी हुई हूँ शून्य में त्रिशंकु-सी।
दुर्घटना तो दुर्घटना है,
दुनिया कह रही है।
मैं जड़ बन जाती हूँ।

सोशल मीडिया की एक तसवीर पर
कोई व्यक्ति मूत रहा है
एक आदिवासी युवक के चेहरे पर।
काँप उठती है देह उस दृश्य को देख
मुँह खोले तो देशद्रोही
तमाम समय पैंतरेबाजी करता है जो क्षोभ
उससे मुक्ति चाहती हूँ।

उज्जैन के उस आठ किलोमीटर सड़क पर
बारह साल की एक लड़की चली जा रही है,
नंगी, रक्तसनी, क्षत-विक्षत
अपनी देह ढकने को कपड़ा मांग रही है
घरों में जा-जाकर
मांग रही है आसरा, मांग रही है सुरक्षा
लोग उसे देखते हैं, बंद कर लेते हैं किवाड़
ताजे खून से लथपथ
बारह साल की उस लड़की की लाचारी
न जाने क्यों दहला नहीं पा रही
किसी का हृदय,
आठ किलोमीटर की पूरी सड़क पर है
मरी हुई इंसानियत की भीड़
समय है स्थिर और निर्विकार।

साक्षात्कार लेने आया बालक पूछ रहा है
क्या कविता सचमुच बदल देती है समाज को?
समाज को रातोंरात बदलने का काम
कविता का नहीं है।

कविता महज क्षणभर के लिए
बदल देती है मन को, विवेक को
एक चिंगारी-सी फैल जाती है आत्माकाश में
कभी क्रोध, कभी क्रंदन,
तो कभी करुणा का प्रतिरूप बन
खड़ी हो जाती है
नपेतुले शब्दों में बस इतना ही उत्तर देती हूँ।

कुछ झनझनाकर
टूटते समय मेरे अंदर
मेरे होंठों पर फिर भी चिपकी रहती है
एक पतली-सी मुस्कान
लोग जानते हैं, मैं ठीक हूँ।

किसी से कुछ नहीं कहती
चुप रहने की आदत जो पड़ने लगी है।

□□

सर्कस

सर्कस देखना एक आदत बन गई है
या फिर सुहाने लगा है मुझे।

समय की रफ्तार अजगर-सी है
'सुंदरतम' की तमाम परिभाषाएँ
निगलता चला जा रहा है
हम उसे देखकर प्रफुल्लित हो जाते हैं
तालियाँ बजाते हैं
हमारी विभोरता का यह भव्य उदाहरण
देश की तक़दीर बन चुका है।

मेरे भोर के सपने में
घुसता चला आ रहा है एक देश
देश की हरियाली, हरियाली की महक
महक का विमुग्ध अनुभव
सुबह तक विष-वलय में तब्दील होते समय भी
तालियाँ बजाते जा रहे हैं हम
एक अनजान धुन में धुत् हैं
हमारा ऐसे धुत् होना देश को निकम्मा बना चुका है।

देश किसे कहते हैं?
नशे की हालत में पूछ रहे हैं कुछ लोग
जो लोग सर्कस में शामिल हो चुके हैं
साल दर साल से
जो लोग मालिक के चाबुक की नोक से खेल रहे हैं
दर्शक दीर्घा में बैठे कुछ लोग वाह-वाह कर रहे हैं
देश सर्कस का मैदान बनते समय
ढेर के ढेर विज्ञापन हैं अखबारों में, टी.वी. पर
देश प्रगति कर रहा है, चित्रों में!

मैं भी बैठी हूँ दर्शक दीर्घा में
एक सौ चालीस करोड़ की भीड़ में
खेला देखते-देखते
मुग्ध होती हूँ या मन छोटा कर लेती हूँ
पर बैठी हूँ, उसी सूची में हूँ।
तालियाँ बजाती हूँ या त्रस्त लगती हूँ, बैठी हूँ।
रो पड़ती हूँ या क्रोधजर्जरित होती हूँ, बैठी हूँ।
आतंक से हो या अनाग्रह से, बैठी हूँ।

पीड़ा को बदल नहीं पा रही प्रतिवाद में
बस! खेला देख रही हूँ, देखती जा रही हूँ।

मृत विवेक के पँजर की हड्डियों से टिककर
वयस्क हो रहा है एक देश
मेरे अंधत्व और निस्पृहता में
वयस्क हो रहा है एक देश
गणतंत्र का जयगान करते-करते
वयस्क हो रही हैं मेरी उसाँसें
नहीं, मैं देश पर नहीं
सर्कस पर कविता लिख रही हूँ
सर्कस का एक हिस्सा होना
आज के दिन
समृद्धि में गिना जाता है।

□□

इतिहास जो नहीं कहता

इतिहास जो नहीं कहता
वहीं से निकलते हैं एक-एक शब्द
बम की तरह फूटते हैं
तटस्थ हो जाते हैं समय और संसार।

इतिहास की अंधी गली से निकलती हैं
एक-एक करके लंबी उसाँसें
जिन्हें अति निर्दयता से
कुचल दिया जाता है
समय के पहिए के नीचे
घाव पर जमी पपड़ी
चोट के नीचे की टभकन
सूख चुके खून के दाग देखकर
हुलस उठती है देह समय की
संसार की आँखों में हैं ढेर के ढेर कुतूहल।

कभी-कभी वहाँ से निकली होती हैं
आँखों की कुछ फटी-चिथड़ी पुतलियाँ

आईने की तरह दिख जाते हैं जिसमें
समय के क्रूर षड़यंत्र।

इतिहास जो नहीं कहता
वहीं से निकलती है एक-एक परछाईं
परछाईं का चेहरा इतना करुण है
कचोट जाता है हृदय
वर्तमान बन जाता है मूक और वधिर।

उन परछाइयों से
न जाने मैं कितने सवाल करती हूँ
जवाब नहीं मिलता कोई
सुलगते अंगारों की आँच
उत्तेजित करती है मुझे
घावों का कोलाज
जो दुनिया को चित्रपट-सा दिखाई देता है
कर देता है मुझे तबाह।

इतिहास जो नहीं कहता
वहीं से शुरू होती है मेरी रुलाई

शुरू होती है वाचालता मेरी
जिस वालाचता को पागलपन कहती है दुनिया

नहीं, इतिहास कभी सफाई नहीं देता
पागलों के लिए भी
पृथ्वी दिख सकती है
कुछ और स्वच्छ,
कुछ और समर्थ।

□□

एलबम

चाय के कप पर पंक्तिबद्ध चींटियाँ
जा चुकी हैं कबकी।

मैं एलबम में तसवीरें देख रही हूँ
कुछ चेहरे खो चुके हैं दुनिया से
कुछ चेहरे पीछे मुड़कर जा चुके हैं
अपनी-अपनी राह
कुछ चेहरे पहचानते हुए भी
पहचान में न आने की तरह
रह गए हैं अपने-अपने जीवन में।
सबको सहेज रखा है मैंने अपने भीतर।
न जाने कितने युग बीत गए इस बीच?

कुछ चेहरों को शब्दों में सजा रखा है
कविता और कहानियों में
कुछ चेहरे टभकते घाव बनकर हैं
छाती के अंदर निर्जन कोठरी में
तभी जब-जब सोचा है

कुछ चेहरों को भूल चुकी हूँ
तब-तब याद आकर
परेशान किया है मुझे
अनेक असतर्क घड़ियों में।

कुछ चेहरे आए हैं विशाल जुलूस में
मेरी नींद में रात के सवा दो बजे
परीक्षा खत्म होने पर
कहाँ करेंगे वनभोज इस बार
पूछ रहे हैं।
मैं चौंक उठती हूँ।
क्या परीक्षा कभी खत्म होती है ज़िंदगी में?
या फुर्सत मिलती है कभी वनभोज के लिए
बिना दुविधा के?

कुछ चेहरे बार-बार घुस आते हैं
मेरी प्रार्थना में
जो तारे बन गए बेवक्त।
ईश्वर है गर्भगृह में स्थिर और निर्विकार

प्रार्थना के शब्द रोना-बिलखना बन
टकरा रहे थे दीवारों और चट्टानों से।

जितनी भी बार एलबम देखती हूँ
इसी तरह सोचती रहती हूँ, घबराती रहती हूँ
सारे रिश्तों, सारी यादों
सबमें एक तरह का अपना प्रकाश होता है
कोई प्रकाश मुझे विभोर करता है तो
कोई विषादग्रस्त।

कभी ज़िंदगी पुकारती है तो
कभी मौत।

□□

देश प्रेम

प्रेम को पक्षी मानती हूँ।

आसमान में उड़ते पक्षी
जाल में फँसकर फड़फड़ाते पक्षी
पिंजरे में क़ैद पक्षी
बिजली के तारों पर कतारों में बैठकर
अपनी-अपनी खामोशी को खोंपते पक्षी
सारे पक्षियों की मासूमियत मुझे आक्रांत करती है
मैं प्रेम करने लगती हूँ।

उन्हीं पक्षियों-सा है मेरा देश
ऋण के बोझ से हाँफता एक देश
युद्धभूमि में लड़ता एक देश
अर्थनीति में असफल एक देश
खुशहाली की सूची में पीछे छूटा एक देश
सब मुझे एक जैसे लगते हैं
मैं इंसान को लेकर परेशान रहती हूँ।

मिट्टी का रंग काला, लाल
या धूसर हो सकता है

मानचित्र पर शायद चिह्नित होता है
हर देश अलग-अलग रंगों से
हर देश के होते हैं
अलग-अलग क़ायदे-क़ानून
हर देश के लिए होते हैं
अलग-अलग रास्ते
लेकिन खून का रंग तो लाल होता है
हर इंसान का
इंसान के खून के लिए पसरा होता है सिर्फ एक रास्ता
भावों का, चाहत का
वही रास्ता मुझे प्रेम कराता है
उसी रास्ते पर
बार-बार चलने को मेरा जी करता है।

देश के प्रति मेरा प्रेम
शायद कोई खास नहीं
थोड़ी-सी ताज़ी हवा सोख लेने
सौहार्दपूर्ण परिवेश में जी लेने
मुट्ठी भर गर्म भात, थोड़ी-सी दाल सपोट लेने की इच्छा
मेरे लिए देश प्रेम हो सकता है

कभी-कभी किसी बात का विरोध करने
या क्रोध ज़ाहिर करने पर
शायद गिनी जा सकती हूँ मैं देशद्रोहियों में।

द्रोह भी जन्म लेता है प्रेम से
यह कहाँ समझ पाते हैं तथाकथित देशरक्षक?
उनके निर्दयताभरे उपहास और
निरर्थक तर्क के बदले
जन्म लेती है मुझमें
चुटकीभर अन्यमनस्कता
या नीरवता
या आग ही देश प्रेम है मेरा।

मेरे अंदर मेरा देश प्रेम
ज़िंदा होने का प्रमाण
भला और क्या हो सकता है
क्या हो सकती है परिभाषा
भक्ति की,
प्रेम की।

□□

साड़ी

छत पर सूख रही साड़ी से
सोख लेती है सारी नमी, सारी घुटन
दोपहर की धूप।

धूप बेहद पराक्रमी है
सोख लेती है सब कुछ
आँसू हो या पानी!

परंतु साड़ी को मैं
अंधेरे का प्रतिरूप समझती हूँ
अनेक चित्र, अनेक घटनाएँ, अनेक दृश्य
छुपाए रखती है वह अपनी ओट में
किसी को भनक तक नहीं लग पाती कभी!

उस साड़ी की माया में
बार-बार पड़ जाती हूँ मैं
धूप से उड़कर फीका पड़ता रंग
कोई फर्क़ नहीं लाता मेरी भावनाओं में
साड़ी हो या देह
पुरानी होने पर, मलिन दिखने पर
कोई फर्क़ नहीं पड़ता मेरी चाहत में

पुरानी चीजों से अथाह मोह मेरा
मुझे जीवन की ओर आकर्षित करता है।
रुलाता और तड़पाता है।

साड़ी जीवन का भी प्रतिरूप है।
पर्त दर पर्त खोलते समय
कई रूपों में
प्रकट होती है
किसी के तर्क, तर्जुमा
हँसी-मज़ाक या तटस्थता की परवाह नहीं करती
अपने ही तरीके से खुल जाती है।

पाप की
दुराचार की
स्पर्धा की
साहस की
परिभाषा किसी के लिए जो भी हो

साड़ी को कोई फर्क़ नहीं पड़ता
आँचल उड़ता रहता है हवा में।

□□

आँखें

हमारे बीच कुछ भी नहीं था
सिर्फ
मुझे उसकी आँखें अच्छी लगती थीं।

आँखें!
क्या होता है आँखों में
प्यार हो जाने-सा?
ज़िंदगी ने पूछा आँखें बड़ी-बड़ी करके।

शायद मुझे नहीं मालूम
पर आँखें ही तो मुझे बहका देती हैं
बहा ले जाती हैं कहीं न कहीं
मुझे ओर-छोर नहीं मिलता अपना
वे आँखें हैं या गहरा नीला सागर!

वहाँ हार-जीत का सवाल नहीं होता
होती है सिर्फ खामोशी से चाहने की इच्छा
हवा में उड़ते बालों को सहेजते-सहेजते
अपनी अन्यमनस्कता को उसी सागर में

सौंप देने की भावुकता,
जबकि जो कुछ ले जाता है
उसे लौटा भी देता है सागर।

जो-जो उसने लिए हैं मुझसे
लौटाए हैं या नहीं
यह बात जबकि अलग है
पर लौटा दिए होंगे
ऐसी दिलासा दी है खुद को बार-बार
और स्थिर रह गई हूँ एक बिंदु पर।

नहीं! लाभ-हानि का हिसाब
नहीं किया जाता हमेशा
समय के साथ।

सिर्फ उसकी आँखों के प्यार में पड़ गई तभी
ज़िंदगी को कुछ अधिक चाहने लगी
इत्ती-सी बात कहने में संकोच क्यों करूँ?

ऐसा भी तो नहीं है कि
प्यार में जीतूँगी हमेशा
सच कहूँ तो प्यार में हार कैसी, जीत कैसी
एक शून्यस्थान के चारों ओर
चक्कर काटते-काटते
क्या खत्म नहीं हो जाएगी आयु
पलक झपकते!

□□

औरत

जो-जो कहना था
नहीं कह पाई कविता में
ना ही कह पाई
सभा-मंच पर, चौराहे पर
या बातों-बातों में।

पर्त दर पर्त पापों को रंगकर
उन्हें पुण्य का रूप दिया
पँखुड़ी दर पँखुड़ी पीड़ाओं को रंगकर
उन्हें आकर्षक बनाया
टूट-फूट चुकी ज़िंदगी को
यहाँ-वहाँ से उठा-उठाकर
एक सुंदर कोलाज बनाया।

लोगों ने तारीफ की,
कहा अद्‌भुत तसवीर है सचमुच!
तसवीर में जान होने की बात लोगों ने सोची
हालांकि ज़िंदा औरत को मूर्ति समझकर
उसकी इच्छाओं को, अनिच्छाओं को
सपनों को, संभावनाओं को नज़रंदाज किया।

वह औरत मूर्ति बनकर बैठ गई
लोगों के मन के आसन पर
होठों पर स्मित मुस्कान हमेशा
अलंकार, आभूषण पहनकर ऐसी लगी
जिसने भी देखा तारीफ की।

एक बार देवी बन जाने के बाद
जीवन सहज और स्वाभाविक है
एक बार तसवीर बन जाने पर भी
सबसे आदर मिलता है मनमुताबिक
सिर्फ औरत बनकर रहने पर ही
धिक्कारा जाता है उसके जीवन को।

जिस तरह रोना था
जिस तरह चीखना-चिल्लाना था
जिसके आगे रूठना था
जिन लोगों को दिक्कतें बतानी थीं
जिसे लेकर सपना देखना था
जिसे लेकर गर्व करना था

ज़िंदगी से जो-जो कुछ समेटना था
उन सबको इकट्ठा करके
खूब तड़के नदी में फेंककर
जल्दी-जल्दी नहा-धोकर
लौट आती है वह औरत
आँगन में गोबर का पानी छिड़कती है
छिड़कती है अपने मन पर
और पवित्र-पवित्र-सी महकती है।

पवित्र महकने के लिए
मूक और जड़ बन जाना
निहायत जरूरी है
दुनिया की हर औरत
जानती है यह
जिस तरह दुनिया साल दर साल
उसके अभिनय की तारीफ करती रहती है
और बखानती रहती है
उसके सतीत्व की गाथा।

□□

परित्राण

यह कविता तुम्हें दे रही हूँ, लो।

मत पूछो, क्या है इस कविता में?
मत पूछो, अधूरा क्या रह जाएगा जीवन में
कविता न लिखने से?

जीवन एक विस्तृत मैदान है खेल का
सभी खेल रहे हैं, अपने-अपने तरीके से
मैं भी मस्त हूँ शब्दों के खेल में।

मस्त हूँ तभी भूल गई हूँ जीवन को
दाल के पानी की तरह, मछली के शोरबे की तरह
सपोट रही हूँ शाणित समय को
तृप्त हो जाती हूँ
भले ही विषाद का चील
मंडरा रहा हो सिर पर।

कविता शब्दों का खेल है
ठीक लुकाछिपी की तरह
किसी का किसी दूसरे को ढूँढ़ने में
समय बीत जाने-सा

विचित्र हो सकती है
विस्मयकारी हो सकती है
मगर उबाऊ नहीं होती
बुद्धि की लड़ाई नहीं होती।

जीवन जटिल और मशीनी होने लगने पर
विस्फोट से विध्वस्त होते समय हृदय
मन पर जमने लगने पर अविश्वास की काई
यह कविता सहारा बन सकती है
बन सकती है जीने का बहाना
कविता में परित्राण मत ढूँढ़ो।

परित्राण जैसा कुछ भी नहीं होता कहीं
अदृश्य, आकारहीन होता है परित्राण
जैसे भात की थाली से निकलती
गर्म-गर्म भाप की महक की घड़ी
बस उतना ही।
उसी गर्म-गर्म भाप की महक-सी है यह कविता
लो, तुम्हें दे रही हूँ।

□□

सरलार्थ : सप्रसंग व्याख्या

किस पाठ से
आई है यह सप्रसंग व्याख्या
सोच रही हूँ।

जीवन में घटनाओं-दुर्घटनाओं की पंक्तियाँ
इस कदर पसरी हैं कि याद नहीं आ रही
किस पाठ से आई है?
क्या याद दिलाना चाहती है?

सारी बातें याद रखनी ज़रूरी नहीं जीवन में
कुछ बातें खुद ही भुला जाती हैं
कुछ बातें भूलनी पड़ती हैं
कुछ बातें बार-बार याद आती हैं
अस्थिर, अस्तव्यस्त करती हैं
कुछ बातें अभ्यंतर को मथती रहती हैं
समय असमय
कुछ बातें अन्यमनस्कता का चाँद बन
उगी होती हैं मन के आकाश में
कुछ बातें खून बनकर बहती हैं शिरा-धमनियों में
कुछ बातें बूँदभर आँसू बन
रुकी रहती है आँख की कोर में

कुछ बातें नींद से जगाकर आधी रात में
बेचैन करती हैं सबके अनजाने।

इस सप्रसंग-व्याख्या में कौन-सी बात है?
किसकी बात है?
जीवन के असंख्य पृष्ठ हैं
कोई सादा है तो किसी में अक्षर ठुँसे हैं
किसी में अखंड नीरवता है तो
किसी में अथाह कोलाहल।

अक्षरों की आतिशबाज़ी से छिटक आई है
एक चिंगारी
जितनी बार तुच्छ और अर्थहीन कहकर टाल जाती हूँ
उतनी ही बार आकर खड़ी हो जाती है सामने।

क्या होगा यदि उत्तर नहीं दे पाई ठीक-ठीक
क्या होगा यदि परीक्षा में अनुत्तीर्ण रह गई

हर बात सरल रूप से
सबको समझाई जा सकती है
क्या इसका कोई मतलब है?

□□

पक्षी पुराण

एक-एक शब्द पक्षी बन
उड़ जाते हैं सुदूर आकाश में
जिनकी परछाइयाँ गिरती हैं
निर्जन बंजर पर मेरे,
परछाइयों को छूने की कोशिश में
बीतता चला जाता है समय।

बुलबुल बने पक्षी
मेरी नीली जिल्द चढ़ी कॉपी की कविता है
सत्रह साल की उम्र में लिखी थी
जिसे पढ़कर अचानक तुमने
चुप्पी साध ली थी
फिर खिड़की से बाहर ताकते रहे
न जाने क्या कुछ
सोचते रहे।

गिद्ध बनकर
सिर पर मँडराते पक्षी हैं
लाल आवरण वाली डायरी के।

पन्ने पर निगाह पड़ते ही
बादल घिर आए थे
माँ की आँखों की पुतलियों में।
एक लंबी उसाँस निगलते हुए
माँ ने कहा था
इतनी आग इकट्ठी होना ठीक नहीं
मन में। इस उम्र में।

सफेद चील बने
मँडराते पक्षी हैं
रफ खाता के।
गणित न आने पर,
कभी कुछ टीपा करती थी,
इधर-उधर की लकीरें खींचा करती
रफ खाते पर
सहेलियाँ हँसा करतीं
पूछतीं, क्या पड़ गई हो किसी के प्यार में?

जो काला कौआ आकर पुकारता है
छप्पर पर बैठकर

आंका था उसे ड्राइंग खाते पर।
घड़े का चित्र आँकते-आँकते
आँक दिया मैंने काला कौआ
जो घड़े से पानी पीकर
सुख की तलाश में
उड़ रहा है उसी दिन से
न जाने वह कैसा सुख है?

रात बीतते ही आँगन में फुदकती
गौरैया निकल आई हैं
सिलेट से शायद
जिस पर शुरू-शुरू में लिखा था
ब्रह्मा, विष्णु, महेश
जिस पर मनचाहा आँका करती थी चित्र
दादी माँ की कहानी के किरदारों की।

□□

कहानी

अपने ही भीतर खो गई हूँ मैं
किसी को भनक तक नहीं लगी।

'दुनिया में हम आए हैं तो
जीना ही पड़ेगा'
जितनी भी बार माँ से सुना है
कहानी के बहाने, बातों-बातों में सही
मैंने मुस्करा जरूर दिया है
उन्हें कष्ट होगा तभी चुप रही।

पृथ्वी कई तरह से घूम रही है,
बहुत तेज गति से भी।
हर तरह से, हर गति से
मैं भी घूम रही हूँ चक्राकार
जबकि चक्री झूले में घूमने से
मैं बचपन से डरती हूँ
अब तो घूमने की आदत-सी पड़ गई है।

घूमना, घूमते चले जाना
मज़बूरी भी हो सकती है मेरी।

कहीं छिटक गया है
मेरा सपना तो
कहीं सारी संभावनाएँ
कहीं होठों की साँध में
उभरती मुस्कान तो
कहीं शिराओं-प्रशिराओं में फैलती
सम्मोहन की सुगंध
कहीं नीचे गिरकर
चूर-चूर हो गई है
मेरी असंख्य अन्यमनस्कताएँ तो
कहीं जीवन के प्रति विशुद्ध आस्था
जलभाग, स्थलभाग
कहाँ-कहाँ बिखरा है
मेरा अस्तित्व, मेरी स्थितावस्था
किसी को सुराग तक नहीं मिला।

खो जाने की यह प्रक्रिया
समानांतर चल रही है
सूर्य के उदय और अस्त के साथ।

किसी-किसी को कहानी-सी लग रही यह बात
कहानी ही बनी रहे मैंने चाहा है।

□□

शब्द

धुँधले अंधेरे में
कुछ शब्द इकट्ठे करके
लुकाछिपी खेल रही हूँ।

समय काटने के लिए नहीं है यह खेल
जीने की ज़रूरत कह सकते हो
कुछ अस्थिर, अव्यवस्थित घड़ियाँ
मुस्कराती लगेंगी
तभी यह खेल है मेरा शब्दों का।

वो देखो,
एक शब्द जाकर छुप भी चुका है
पुआल के गट्ठर के पीछे
मुँह लटकाए बैठा है
बात-बात पर रूठ जाता है।

एक शब्द जाकर खड़ा हो चुका है मंच पर
रटे हुए भाषण का कितना याद है
सोच रहा है।

एक शब्द
साहित्य की कॉपी से निकल कर
कागज की नाव बन बहने लगा है
गाँव की गढ़ई में,
कुछ देर बाद इयत्ता नहीं होगी, पर
छिनभर की खुशी भी
जान डाल सकती है, इंसान में।

एक शब्द
आग ताप रहा है चूल्हे के पास
दादी की बगल में बैठा
गरम-गरम पुआ परोस देती है दादी
उसकी थाली में।

एक शब्द आँगन से बरोठे और
बरोठे से आँगन चहलक़दमी कर रहा है
हर शनिवार साँझ ढलने पर
बप्पा कटक से आते जो हैं,
बप्पा की,

चंदामामा की,
रंग भरने वाली कूची की
राह तकता है
बड़ी बेसब्री से।

एक शब्द आम बटोरने गया है बाग में
चिलचिलाती धूप में,
उधर जमकर पिटने का भय भी है
आम अंटी में भर रहा है डरते-डरते
कहीं पड़ न जाए वह किसी की नज़र में।

एक शब्द ग्राम-देवी का सिंगार देख रहा है
एक लय में
औरतें भी सजने-सँवरने पर
ऐसी ही दिखती हैं, देवी-सी
माँ-सी, नानी-सी, दादी-सी, बुआ-सी
देवियों की उज्वलता में
कितना हिस्सा प्रकाश है
कितना हिस्सा अँधेरा
यह सोचने की उम्र नहीं हुई है उसकी।

एक शब्द आँखें फाड़े ताक रहा है
उस किशोर की आँखों को
न जाने क्या है उन आँखों में
मासूमियत भी हृदय को
इस तरह डिगा सकती है
ताज़्जुब होता है।

शब्दों के साथ
यह लुकाछिपी खेलना मेरा
है युग-युग का।

मत सोचो
मैं अतीत में उलझी हुई हूँ
अतीत में जी रही हूँ।

□□

सच्चाई

जिस सच्चाई का कोई रंग नहीं
उसी सच्चाई के प्रेम में उलझी हुई हूँ।

यदि कहूँ कि
इंद्रधनुष के सतरंगे प्रेम में
कभी नहीं पड़ी
तो झूठ कहूँगी।
जबकि अनेक झूठों से
मेरा यह कपाल गढ़ा है।

प्रेम में पड़ी सारी विह्वलता की
सूची देना ज़रूरी नहीं
ज़रूरी है, कितना समय प्रेम में जिया है?

प्रेम-कथा कहने पर याद आई
उस किशोर की अन्यमनस्कता
आकाश की ओर ताकते हुए उस उम्र में
क्या सोच रहा था?
आकाश भी क्यों

गुड़ीमुड़ी होकर घुस आता है
किसी किशोर की आँखों की पुतलियों में
मालूम नहीं था उस उम्र में।

नीरवता में एक सौंदर्य होता है
शायद जानता था वह किशोर
जो नीरवता कई बार
समय-असमय आत्मा को झकझोरती है,
पर ज़ाहिर नहीं कर पाती अधिकार।

ढेरों सच्चाइयाँ गिर पड़ती हैं कक्ष-पथ से
ढेरों सच्चाइयाँ कोई प्रभाव नहीं डालतीं
दिनचर्या में
ढेरों सच्चाइयाँ उदास नदी बन
बहती रहती हैं अविराम
शिरा-प्रशिराओं में।

वह कौन-सी सच्चाई है
जिसे छुपा रखा है मैंने

दुनिया से और खुद से
वह कौन-सी सच्चाई है जिसका
न कोई अर्थ है, न आकार?

सच्चाइयाँ कब तक बनी रहती हैं सच?
सब समा जाती हैं शून्य में,
चकनाचूर होते समय भी
होंठों की साँध में चिंदीभर मुस्कान
खिली रहती है।

सच पूछो तो
क्या अपना चेहरा भी अपना होता है?

□□

प्रार्थना

मेरी प्रार्थनाओं में क्या होता है
मैं खुद नहीं जानती।
बचपन से देवी-देवताओं के
जितने गीत रटाए गए हैं मुझे
पद से पद जोड़कर
उन्हीं गीतों को गाते रहना
प्रार्थना समझ ली है,
उन प्रार्थनाओं को गाते समय
देवी-देवता
ध्यान से सुनते होंगे या नहीं
नहीं जानती
लेकिन मेरे मन के अंदर
जो टूटे-फूटे शब्द
तीव्र से तीव्रतर हो रहे होते हैं
वे कभी सुनाई नहीं पड़ते किसी को।

पैंतालीस साल की एक औरत की
देह पर जमीं

समय की काई
कितनी ही हरी और ताजी लगने पर भी
वह ताज़गी
शब्दों में पिरोई जाकर
कभी प्रार्थना नहीं बन सकती।
सुर होता है, ताल होती है, लय होती है
फिर भी प्रार्थना के पदों में
प्राण संचरित नहीं हो पाता।
जिस तरह प्राण नहीं होते
देवी-देवताओं में
उसी तरह प्राण नहीं होते
दुनिया की सारी औरतों में।
बिना प्राण के भी ज़िंदा दिखने की तरह
देवी-देवता
अलंकार आभूषण से सजे-धजे
ठीक उसी तरह ज़िंदा दिखते हैं,
दुनिया की सारी औरतें
बचपन से ही सुर, ताल, लय

सीख जाने के कारण
पीड़ा को, प्रतिवाद को
प्रतिबद्धता में बदल सकती हैं
प्रार्थना में बदलती जाती हैं।

□□

होऊँ या न होऊँ

होऊँ या न होऊँ
होने-सी लगती रहूँगी।

कभी हवा में मँडराती
देह की सुगंध
शायद सोख ली हो धूप ने
सचल सबल लगता
देह का अंश विशेष
बन चुका होगा राख
किसी भी अन्यमनस्कता से
या उनींदेपन से
आक्रोश से या आक्षेप से
आवाजाही कर रही होगी
मेरी आयु कुछ घड़ी
सकुचाते हुए, चुपचाप
स्वतःस्फूर्त।

यह भी हो सकता है
किसी के अध्ययन-कक्ष की ताक में

अब भी सजी मेरी किताब के शब्द
चौंक उठते होंगे
किसी के असमय स्पर्श से
या मृतवत् पड़े होंगे
साल दर साल से अनदेखे
रुँधती जा रही होगी छाती की तलहटी उनकी,
बोझिल होता जा रहा होगा हृदय,
दबी-दबी-सी उसाँसों से!

मेरी तरह मेरे शब्द भी
बेहद ज़िंदादिल और जिद्दी हैं।
समय-असमय नहीं देखेंगे
झमाझम बारिश की तरह
किसी की आँखों से झरते समय।
कतई ज़ाहिर नहीं करेंगे अस्तित्व
ये सब घटित हो रहे होंगे अदृश्य में
अति साधारण रूप से!
शब्दों का ज़िंदादिल और जिद्दी होना

क्या अब तक स्वीकार हुआ है
इस समाज में?

होऊँ या न होऊँ
होने-सी लगती रहूँगी।
दीया बनकर शायद जलती रहूँगी
किसी के अंतःकरण में,
होते समय
कई बार कहा है ना
मुझे तुम कभी नहीं रखोगे
अपनी उदासी में!

□□

रिश्ता

कुछ सवालों के जवाब नहीं दे पाई इसलिए
मुझे तुम अपनी उदासी में मत रखो।

मानती हूँ, मैं खुद को नहीं गढ़ पाई
जैसा तुम चाहते थे
मानती हूँ, तुम्हारी निस्पृहता कभी-कभी
मुझे विचलित कर देती है।

विषाद बिछे फर्श पर
मैं सारी रात बैठी रहती हूँ
न जाने कितनी गंदगी
मन में समाती चली जाती है
रात बीतने पर मैं
खुद को झाड़-झूड़कर खड़ा करती हूँ दुनिया के सामने
कोई सोच नहीं सकता
रात की सूखी-साखी पृथ्वी सुबह
इतनी कमनीय लग सकती है?

तुम भी निकल जाते हो
अपने लक्ष्य पथ पर
सुबह दस बजे।

खुद के अंदर खोती चले जाने पर भी
मैं घूमती रहती हूँ निर्दिष्ट कक्षा-पथ पर
क्योंकि कक्ष-पथ पर घूमना
बन चुकी होती है आदत मेरी।

यह आदत ही तुम्हें
लक्ष्य-पथ पर आगे ले जाती है
यह आदत ही तुम्हें
चैन की नींद देती है
यह आदत ही तुम्हें
जीवन को ज़रा और भी
बेफिक्री से जीने का सामर्थ्य देती है।

भले ही मेरी यह आदत
अक्सर रह जाती है सबके नज़रंदाज में

फिर भी मैं कक्षा-पथ पर घूमती रहती हूँ
मेरी आयु में असंख्य कोरे कागज
जुड़ते चले जाते हैं।

तुम्हारे सवाल का जवाब
इस अदृश्य सादे पन्ने में होता है,
तुम देख नहीं पाते।

□□

परछाईं

काँच की दीवार के इस ओर मैं खड़ी हूँ
देख पा रहे हो तुम?

जलने, जलाने की एक सीमा होती है
इत्ती-सी बात कहूँगी, सोचती हूँ।

छोटी-छोटी बातों पर रूठने से गढ़े पल
कबके झड़ चुके हैं सबके अनजाने
मन के वृंत से
अब वे इतिहास हैं।

जानती हूँ, इतिहास में कभी भी
आस्था या आग्रह नहीं रहा तुम्हारा
जबकि इतिहास में ही ढूँढ़ पाती हूँ मैं
जीने की राह बार-बार, हर बार।

सारे तर्कों तर्जुमाओं से परे मैं ही खड़ी हूँ
देख पा रहे हो तुम?

जीवन सरलरेखा में नहीं चलता
कभी-कभी चक्रव्यूह में फँसा जीवन भी
सुख-संगीत गाता रहता है
इत्ती-सी बात कहूँगी, सोचती हूँ।

छोटी-छोटी अप्राप्तियों से गढ़े पल
स्वतः घूमने लगे हैं अपने कक्षा-पथ पर
इस वक्त उसी वर्तमान के सहारे
राह चल रही हूँ।

जानती हूँ, राह भटकने से
कितना घबराते हो तुम
लेकिन राह भटक जाना
एकमात्र ईप्सित लक्ष्य है मेरा, युग-युग से।

तुम्हारी एकांत नीरवता से परे
तपस्यारत अँधेरा बन
मैं ही खड़ी हूँ
देख पा रहे हो न तुम?

□□

सिलेबस

सिलेबस में और भी क्या-क्या था?
याद है?

मुझे याद नहीं।

हर बार सिलेबस के बाहर से
प्रश्न आकर परेशान करने की बात
सिर्फ याद है।

अब समझ रही हूँ
कभी-कभी सिलेबस के बाहर से भी
आ जाते हैं कुछ प्रश्न
समय घबराया-सा विवश लगता है
राह भटकता रहता है विश्वास।

जब फेल होने के डर से
मुँह सुखाकर बैठ गई
माँ ने कहा
यह जरूरी तो नहीं कि

प्रश्न हमेशा आएंगे सिलेबस से ही
खुद को तैयार रखना चाहिए
किसी भी प्रश्न, परिस्थिति का
सामना करने के लिए।
साहस और धैर्य रखना चाहिए
समय के प्रवाह को आसानी से पार करने के लिए।

प्रवाह में बहती चली जा रही हूँ तब से।
परिस्थितियों के सामने
चिरकाल से खड़ी हूँ एक प्रश्न बन
जहाँ-जहाँ ठोकर खाई हूँ
माँ याद आई है।

जीवन एक संघर्ष है
संघर्ष का कोई सिलेबस नहीं होता
माँ की तरह मैं भी
धीरे-धीरे समझने लगी हूँ।

□□

युद्ध

युद्ध पर कविता लिखूँगी
सोचते ही कविता पहुँच जाती है
रणभूमि में।

कविता अस्त्र को धारदार नहीं बनाती
कविता बंदूक में गोली नहीं भरती
कविता बम में बारूद नहीं ठूँसती
न पक्ष, न विपक्ष
कहीं भी खड़ी नहीं रहती कविता।

आधी रात को कविता वहाँ पहुँचती है
जहाँ किसी का कटा सिर,
छिटककर गिरी आँखों की पुतलियाँ, अंगुलियाँ
फटी हुई छाती, अँतड़ियों की ढेरियाँ पड़ी होती हैं,
छितराए-छितराए माँस रक्त हाहाकार के पास
सिसक-सिसकर रोती है
भयंकर समय की आर्त चीत्कार को
सहलाती रहती है!

कविता के लिए देश जैसा कुछ नहीं होता

मानवीयता को ही देश समझती है वह
जहाँ भी चोटिल होती है मानवीयता
गर्व और अहंकार तबाह कर डालते हैं दुनिया को
कविता वहाँ पहुँचती है
सवाल करती है ईश्वर से, सम्राट से, सिंहासन से
सवाल का जवाब नहीं मिलता उसे।

जब वर्तमान इतिहास में तब्दील होता है
सिंहासन की स्मित मुस्कान और उल्लास
कविता को तटस्थ करते हैं
इतिहास की तमाम घटनाओं की साँध से
ढेरी की ढेरी अनहोनियों से
सबको खोकर अनाथ हुआ बच्चा
पूछता रहता है
इंसान क्यों करता है युद्ध?

भला आँसुओं के सिवाय और
बचा ही क्या रह जाता है
कविता के पास।

□□

तुम और मैं

कविता की जिस पंक्ति में तुम
अदृश्य रूप में होते हो
वहीं ठिठक जाती हूँ मैं
अंधी हो जाती हूँ।

तुम्हारे मेरे अंदर का आदिम अंधेरा
हमारे रिश्ते को और भी रहस्यमय बनाता है
तुम्हारे मेरे अंदर की घनी चुप्पी
हमारे रिश्ते को बनाती है और भी कोलाहलमय।

कविता की जिस पंक्ति से
उड़कर चले गए थे दो पंछी
कहाँ हैं अब वे?
कहाँ बना लिया नीड़?
कहाँ? कहाँ?

कविता की जिस पंक्ति से
फैल जाती थी सुगंध

क्या है उस फूल का नाम?
इस वक़्त कहाँ फैला रहा है महक,
किसके बगीचे में?
किसके विश्वास में?
किसके सपने में?

कविता की जिस पंक्ति में
चिंदी भर अंधेरा देखकर
चौंक उठी थी मैं
वह अंधेरा आया कहाँ से?
इतना द्रोह, इतना विरोध
मुझमें आया कहाँ से?

कविता की जिस पंक्ति से
तुम्हारी आवाज आती है
वहीं ठिठक जाती हूँ मैं
बन जाती हूँ पंछी
बन जाती हूँ अंधेरा।

जानते तो हो
प्रेम में रूठने-सा
विरोध भी सुंदर है
मेरे अंदर तुम
तुम्हारे अंदर मैं
एक अबूझ-सा अंधेरा हैं।

□□

नामपट्ट

नींद में चलते-चलते
जा टकराती हूँ मैं
तुम्हारे दरवाज़े से।

सच कहती हूँ
मुझे भला क्या मालूम
मैं नींद में चलती हूँ।

आधे सपने, आधी जाग्रत अवस्था में भी
पढ़ लेती हूँ मैं वह नामपट्ट
दरवाज़ा खटखटाने की सोचकर
फिर से लौट आती हूँ।

न जाने कौन-सी बेड़ियाँ हैं
पड़ जाती हैं मेरे पैरों में
पूरा न हो सका सपना
भले ही उकसाता रहता है
पर मैं लौट आती हूँ।

उस सपने के टुकड़ों को लेकर
नामपट्ट बनाया गया है
वहाँ अंधेरे में भी झलक रही है
मेरी खोई हुई विह्वलता
जिस विह्वलता को छूती हूँ
परखती हूँ, उसकी वास्तविकता
सोचती हूँ, दरवाज़ा न खटखटाने पर भी
तुम महसूस कर लोगो
आस-पास मेरी मौजूदगी
उठकर चले आवोगे कमरे से
कहोगे, 'मैं आज भी तुम्हारा ही हूँ।'

नींद में चलने वाला आदमी
लगभग पागल होता है
क्या वह समझ पाता है
क्या कर रहा है, क्या नहीं
किस ओर दौड़ रहा है, नहीं दौड़ रहा
उम्र बढ़ने पर शायद ऐसा ही होता है

धुँधला दिखने लग जाता है
अतीत, वर्तमान यहाँ तक कि भविष्य भी।

नामपट्ट तो महज़ एक नाम लटकाए रहता है
उसमें आत्मलीन होने का मतलब ही क्या है?

□□

जीवन क्रम

सारी पुरानी चिट्ठियाँ
फाड़नी पड़ती हैं।

धीरे-धीरे भुला जाते हैं
चिट्ठियों के शब्द
शब्दों की ऊष्मा
ऊष्मा के उल्लास
और धीरे-धीरे भुला जाते हो
तुम भी।

भुला देना एक आदत है
या प्रक्रिया
या ज़रूरत?

मेरी ज़रूरतों से जन्म लेते हैं
ज़िंदगी के नए-नए दावे और
दावों का ध्यान रखना पड़ता है।

□□

गणतंत्र दिवस

बूँदी, बिस्कुट या चॉकलेट को
छब्बीस जनवरी समझ लेने वाले बच्चों का
उल्लास देख ताज़्जुब मत होओ।

बच्चे बड़े मासूम हैं
तिरंगे के नीचे खड़े होकर
जन गण मन गाते समय
उनके सुर में लहरा रहा होता है
जो देश
उसे देखकर चौंको मत।

कतार बाँधकर परेड में चलनेवाले
एक ताल में बंदे मातरम गाने वाले बच्चे
मुट्ठी भर बूँदी हथेली में दबाए होने-सा
अपने-अपने अभ्यंतर में
देश को लेकर चल रहे होते हैं
बेहद चौकस, अनुशासित
और स्पर्धा सहित।
जनवरी की ठंड उन्हें जड़ नहीं बनाती

प्रसारित क्षितिज उनकी दृष्टि को
अधिक व्यापक बनाती है
बच्चों को मत समझो
किसी के हाथ का खिलौना।।

बच्चों को उल्लसित होने दो
अपनी धुन में,
बच्चों को भोगने दो देश
अपनी स्वच्छंदता में,
महकने दो
अपनी मासूमियत की महक में।

अगले दिन के अखबार में
चित्र मत बनाओ बच्चों को।

□□

कविता की बात

जो भी कुछ कहना चाहती हूँ
सारी बातें नहीं कही जा सकती कविता में।

जैसे कुछ-कुछ बातें कहते समय
थूक निगलते हुए कहनी पड़ती हैं संकोच से
जैसे कुछ-कुछ बातें कहते-कहते
रुँध जाता है गला दुख से
जैसे कुछ-कुछ बातें कहते-कहते
जो कुछ कहने को सोची होती हूँ
भूलकर शुरू कर देती हूँ
कोई और बात बदहवासी में
जैसे कुछ-कुछ बातें कहते-कहते
मैं सहसा अपनी इयत्ता खो बैठती हूँ छिन में।

ऐसी अनेक बातें नहीं कह पाती कविता में।
लोग ढूँढ़ते हैं कविता में
मेरे जीवन की झलक
लोग ढूँढ़ते हैं कविता में
'तुम उच्चारण करनेवाले' मेरे प्रेमी को,

लोग ढूँढ़ते हैं शायद कविता में
कहीं दिख गया होगा
मेरा स्वप्न, स्वप्नभंग
परास्त क्षणों की लाचारी
शायद कहीं छिटककर पड़ी होगी
कुछ असतर्क दिनचर्या की कमज़ोरी।

कविता में लगातार बखानती हूँ मैं खुद को
लगातार बदलती हूँ अपने कहने का तरीका
लगातार क्रोधजर्जरित होती हूँ
फिर रुआँसी होते-होते हँसने लग जाती हूँ
अपने अभ्यंतर को झिझक के साथ सहलाती हूँ
अन्यमनस्कता के जंगल में
बार-बार राह भटक जाती हूँ
जीने के लिए, जी जाने के लिए
तमाम रास्ते गढ़ती हूँ, तोड़ती हूँ
तोड़ती हूँ, गढ़ती हूँ
किसी का इंतज़ार करती हूँ
बड़ी बेसब्री से
पर कौन है वह, नहीं जानती।

लोग सोचते हैं
मैं हँसती हूँ, रोती हूँ
मन ही मन बड़बड़ाती हूँ
न जाने क्या कुछ खींचती रहती हूँ कागज पर
बावली-सी, अस्थिर और असंयत
लोग नहीं जानते
मैं लगातार जो कुछ खींचती हूँ
सादे कागज पर
वे असंख्य खरोंच के निशान हैं
और आर्तनाद हैं समय के
जो काल-कालांतर तक रह जाते हैं
अनसुने, अप्रकट और अबोध्य दुनिया के सामने
जबकि सफेद दाग की तरह फैलते चले जाते हैं
मेरे मन पर, आत्मा पर
अदृश्य, विस्तृत और वीभत्स रूप से।
इंसान को मैं चाहती हूँ बेहद गहराई से
चाहती हूँ, चाहती हूँ
कोई कुछ भी अर्थ निकाले मेरी कविता से
क्या फर्क़ पड़ता है मुझे!

मेरी कविता पढ़ते हैं वे लोग
बस, इतनी ही सांत्वना है मेरे लिए
कविता पढ़ने के लिए
जितना वक्त देते हैं वे लोग
अपनी व्यस्तताओं के बावजूद
क्या यह कोई कम है
आज के समय में!
इतना चाहना, इतना समय देना
कितनी बड़ी बात है सचमुच
मुझ जैसे नगण्य और अति सामान्य कवि-जीवन में!

यह कविता ही तो जोड़ती है
इंसान से इंसान को
कोई कैसे भी समझे कविता
कविता को अफसोस नहीं होता
हर कविता जी उठती है
इंसान के अंतरंग स्पर्श से!

□□

चिंगारी

एक चिंगारी छुपी है
मेरी आँखों में।

दिख रहा है तुम्हें!

मेरे बोए हुए बीज से
खड़ा हो चुका है इस बीच
एक विशाल पेड़
पेड़ में भरे पत्ते, फूल, फल
फल पककर बीज छितरे पड़े हैं।

एक चिंगारी
फिर भी छुपी है।

जबकि उस आग ने किसी को
तहस-नहस नहीं किया
बीच-बीच में मैं ही दहल गई हूँ
जल-जुलकर मिट जाने-सा
लगा है

सीझ गया है समय
जीवन वीभत्स दिखा है।

स्थानांतरित होते-होते
स्थिर हो गई हूँ।

कभी-कभी उस चिंगारी ने
वज्रपात-सा झकझोर दिया है
मेरा अभ्यंतर
चटका दी है हर कोठरी
मेरे पाप की, पवित्रता की।

कभी-कभी उस चिंगारी ने
बर्फ बना दिया है मेरे खून को
मेरे बाट-घाट से साफ कर दिया है
सारा कूड़ा-करकट, झाड़-झंखाड़
सारी चहल-पहल तोड़कर
गढ़ दिया है निर्जन प्रहर

न जाने कहाँ से सुनाई दिया
सुललित कंठ-स्वर पक्षियों का!

वह चिंगारी
समय की टेढ़ी-मेढ़ी लहरें काटती
मेरी पुतलियों में ही आकर
टिक गई है

मेरी बदरारी आँखों में
चमकती बिजली की लकीर
दिख रही है तुम्हें!

□□

मैं चुप रहती हूँ

बार में एक युवती नाच रही थी
उसके क़दमों की ताल से डोल रहे थे
मंच, लोगों के मन, मन के भीतर का मर्मस्थल
तालियों की गड़गड़ाहट से
गूँज उठने पर हॉल
मैं चुप रहती हूँ।
मेरे भीतर धार-धार रक्त
भेद चुका था मेरी आत्मा को
न जाने उस युवती की आँखों में
मुझे क्या दिख जाता है!

बिकनी पहने विज्ञापन का पोज दे रही
सोलह साल की युवती
लोगों की वाह-वाही से मचल उठती है
उसकी लिपिस्टिक, उसके काजल
उसकी रूपसज्जा से
उभर रही थी जो मासूम युवती
उसे देखते-देखते मेरी शिरा-प्रशिराओं में
फैलते समय क्षोभ की आग

मैं मूक बन जाती हूँ
सिर्फ चुप रहती हूँ।

कहानी लिखनेवाली एक औरत से
जब दुनिया पूछती है,
कहो, यह कहानी किसके बारे में लिखी है तुमने
कहीं खुद को तो नहीं दिखाया!
इतना वीभत्स है तुम्हारा अभ्यंतर!
वह औरत सहसा मेरे अंदर घुस आती है
मैं सोचती हूँ उसका उत्तर बन
मैं ही खड़ी होऊँगी दुनिया के सामने
पर न जाने क्या सोचकर
मैं चुप रह जाती हूँ।

नारीवाद के शोर-शराबे में
किसी-किसी की आवाज
मुझे हू-बहू अपनी-सी सुनाई देती है
सोचती हूँ, दुनिया से पूछूँगी
तुम्हें मालूम है नारीवाद क्या है?

क्या सम्मान देना जानती हो किसी नारी को?
फिर अपनी मूर्खता पर मैं हँसती हूँ
और चुप रहती हूँ।

इस तरह चुप्पी साध लेने को
दुनिया सोच सकती है मेरी लाचारी
किसी औरत की खामोशी
हो भी सकता है एक अस्त्र
जो कई बार समय तक को
लहूलुहान कर देता है

यह नहीं जानती दुनिया।

□□

कविता के प्रति

नींद और प्यार
रोटी और चाँद से
क्या रिश्ता है कविता का?
हमेशा मैंने कविता से
इसका उत्तर चाहा है।

अपने तट पर खड़ी होकर
झाँका है अपने अतल तल को
बावली-सी भागती रही हूँ इधर-उधर।
बस में, बैठका में,
कचहरी में, कुंभ में,
बाज़ार में, बाट-घाट में,
इतनी भीड़ में भी
मैं चाहती हूँ कविता को
अति झिझक से
उत्तर वसूल लूँगी सोचती हूँ तो
वह हौले से मुस्करा देती है।

रात में कालातीत हो
दिन में कालखंड पर

नाचते-कूदते वक़्त
हमेशा शांत और गंभीर पिता की तरह
कविता ताकती है मेरी ओर
न जाने क्या है उसकी गहरी दृष्टि में?

पैंट में मूतने का समय
पार कर चुकी हूँ कब से।
तब भी छाती धड़कती है
नींद को
प्यार को
रोटी को
चाँद को
अर्द्ध जाग्रत, अर्द्ध सुप्तावस्था में
कविता से जोड़ती हूँ

हाँ, मैं कविता लिखती हूँ।

□□

तुम पर लिखी कविता

तुम पर लिखी कविता
चिर स्रोतस्विनी नदी बन
बह गई कहाँ से कहाँ।

वह नदी बह रही है
मेरी शिराओं-प्रशिराओं में
उसका कल-कल स्वर
आधी रात में तोड़ देती है नींद
बिस्तर पर उठकर बैठ जाती हूँ मैं
जैसे नदी किनारे बैठे होने पर
न जाने क्या-क्या
घुस आते हैं स्वतः
बौराए हुए अस्त-व्यस्त
ठीक उसी तरह
न जाने कितना कुछ घुस आता है मन में
बाढ़ के पानी-सा तेज रफ्तार से
आधी रात की माया भी
विचित्र रूप से परेशान करती है।

प्रवाह में खो जाने की इच्छा
मुझमें रही है हमेशा से
परेशान होने की आदत भी।
इसीलिए मस्त हो गई शब्दों के खेल में
अपने हृदय की एकांत कोठरी में
तुमको रखने की तरह
कविता में भी पिरोया बड़े अदृश्य भाव से।

तुम पर लिखी कविता
शायद किसी दिन तुम्हारी नज़र में पड़ सकती है
तुम्हारी स्मित मुस्कान की करुणा
शायद समय को स्थिर कर सकती है
तुम सोच सकते हो कि पगली है
शब्दों पर, सपनों पर
भरोसा करके बिता दी पूरी उम्र
क्या इतनी भावुकता
शोभा देती है जीवन में?

तुम पर लिखी कविता
शायद मेरे जीने का सहारा बन सकती है
मेरे उनींदे पहर को
शायद थपकी देकर सुला सकती है
मैं सोच सकती हूँ कि
कविता कविता नहीं है
मंत्र-पाठ है शायद
अस्थिरता को, लाचारी को
जो संभावनाओं में तब्दील कर सकती है
सबकुछ संभव है
प्रगाढ़ चाहत में।

□□

संक्रमण

तमाम संभावनाओं में
भर जाती है रेत।

यह वक़्त भी बड़ा ज़िद्दी है।

निपुण कारीगरों का एक दल
कालखंड को सजाने में जुटा है
मन मुताबिक
फिर भी फैल जाता है संक्रमण का दुख।

खिड़की किनारे खड़ी ताक रही हूँ बाहर
उड़ानखोर पक्षी और मतवाली हवा
अब मुझे अनमना नहीं करते
चेतन में, अचेतन में भय का कदमताल
वायुमंडल में संक्रमण के हस्ताक्षर हैं।

विषादग्रस्त दुनिया की तसवीर है हर जगह,
अखबार में, टीवी के परदे पर

और भी गहरे होते हैं, वक़्त के घाव,
हर इंसान के बचे रहने के लिए
मेरी प्रार्थना शायद पर्याप्त नहीं
हर इंसान के बचे रहने के लिए
जी-जान से चल रहा संघर्ष
शायद पर्याप्त नहीं
इतिहास बनने को बेताब ऐसे समय में
मनुष्य की सारी कोशिशें निरर्थक हैं
हर जगह है
एक अनदेखी दुनिया की तसवीर।
हर जगह है
महामृत्यु का मंत्रपाठ।

पर्त दर पर्त लंबी उसाँसों से गढ़ी यह कविता
एक आश्चर्यतम आह्लाद बन
शायद किसी दिन चमक उठेगी
शायद कविता ही संक्रमित हो जाए
पूरी दुनिया में
इस विषाद से

इस संकट से
इस मरणशील समय के पंजे से
उद्धार करेगी इंसान का

दुनिया, दुनिया-सी लगेगी।

□□

दो मिनट की प्रार्थना

दो मिनट की शांत प्रार्थना में
घुस आया है एक
दीर्घस्थायी दुख।

अतीत रास्ता रोके
खड़ा होता है सामने
घटनाक्रम को लेकर।
भूल जाने से मिल जाता है छुटकारा
वह भी करने नहीं देता।

दुख दीर्घस्थायी हो या क्षणिक
आत्मा पर छोड़ जाते हैं गहरी छाप
छाप पर लेप लगाते हुए
समय होता है वयस्क
जिसे सबसे सुंदर समय कहकर
झूठमूठ का
प्रचार करती रहती हूँ मैं।

वह दीर्घस्थायी दुख
कब तक कलपाएगा मुझे
कौन जाने?
आज कल वैसे भी
नींद नहीं आती रात में, आसानी से
इधर-उधर की बातें याद आती हैं
करवट बदलते-बदलते रात बीत जाती है।

नींद खुलने तक
पृथ्वी पर धूप पसरी होती है
हर जगह प्रकाश!
हर जगह भागमभाग!
हर जगह जीवन की जय-जयकार!
हर जगह सम्मोहन!

दो मिनट की प्रार्थना
रह गई है सबके विस्मरण में
सभी अपनी-अपनी राह में आगे बढ़ चुके हैं

ज़िंदगी को सुबह की गर्म चाय के साथ
सुड़कने में जुट गए हैं।

दो मिनट की प्रार्थना
इतिहास में रखने के लिए
कलेजा कहाँ इतिहासकारों में?

□□

भ्रम

एक विस्तृत भ्रम के वलय में
मैं आवाजाही कर रही हूँ।

भ्रम को सच समझ लेना
एक विलास है, सोचती हूँ।

तब जीवन हो जाता है
इतना सुंदर
और सहज
और स्वाभाविक, कि
पतंग-सा मँडराता रहता है आकाश में
मछली-सा तैरता रहता है पानी में
अपने मनमुताबिक।

इतनी-सी बात सबसे कहना चाहती हूँ।

कविता में कहूँ चाहे कहानी में
एक-एक शब्द में
मेरी आत्मा का हस्ताक्षर है

सुख, संतोष हो न हो
भरोसे योग्य एक स्पर्श है, एक स्वर है।

कभी-कभी कविता में कहनी पड़ती है कहानी
कहानी में बखाननी पड़ती है सच्चाई
सच्चाई होती है सबकी नज़रों की ओट में
ओट का आर्तनाद
संकोच, संकट
दुविधा, दयनीयता
दिखानी पड़ती है दुनिया को सतर्कता से।

हालांकि अप्रकट रह जाने की आदत
मुझमें थी हमेशा से।
अनावश्यक भावुकता से गढ़े
मेरे ललाट पर
दुखों का कदमताल जारी रहते वक़्त
भ्रम के वलय में घुस जाती हूँ
हँसमुख दिखती हूँ
जी जाती हूँ, जीती चली जाती हूँ।

□□

अठारह साल का बेटा

अठारह साल का बेटा
कविता जैसा लग रहा है।

अभी-अभी वह बालिग हुआ है
वोटर कार्ड पर नाम चढ़ा है उसका
आधार कार्ड पर बदलवाया है बचपन का फोटो
ड्राइविंग लाइसेंस बनवाया है
बैंक में अकाउण्ट खोला है।
कहता है, वह बड़ा हो गया है।

उसकी बातें मुझे कविता-सी लग रही हैं।

मेरी कविता में है आग और खामोशी
मेरी कविता में है प्रेम और प्रतिबद्धता
मेरी कविता में है आस्था और अन्यमनस्कता
मेरी कविता में है दुख और दयनीयता।

मेरी कविता में है
अठारह साल के बेटे के सपने,

सपने की ताज़गी
उस ताज़गी के हरित वलय में
आज कल मैं चहलकदमी करती हूँ।

कविता-सा दिखने वाला अठारह साल का बेटा
मानो अपनी जादुई छड़ी छुलाकर
मुझे बना देता है एक अबोध शिशु
मेरे ज़िद्दीपन को टिका लेता है अपनी गोद में
लाड़-दुलार और आह्लाद से भींचकर मुझे पकड़ लेता है।

कभी उसका सूँड़ टूटा हाथी,
बिना पूँछ का घोड़ा, बिना सींग का हिरण
टूटी कलम का कैप, बिन पहिये की कार
मिटाने वाली रबड़ और प्लास्टिक की चिड़िया
घुस आते थे
मेरी कविता में
अगोरे रहते थे मेरे दिन-रात, तमाम घड़ियाँ
अब मुझे अपनी चेतना के चबूतरे पर बिठाता है
अठारह साल का बेटा,

नींद न आने पर मुझे
गाता है मेरे मनपसंद गीत
कहता है, बेटा बड़ा हो जाए तो
चिंता मिट जाती है माँ की।

पगला बेटा, नहीं जानता
माँ की नज़रों में भला
बेटा होता है बड़ा कभी?

□□

हूबहू खुद-सी दिखूँगी

अब से मैं हूबहू खुद-सी दिखूँगी।

मेरी चीख शायद
न बदल सके इच्छा समय की
मेरी कामना शायद न बदल सके
दुनिया की सारी खिल रही कलियों को, फूलों में
मेरे भरोसे के शब्द शायद न पहुँच पाएँ
हर लाचार इंसान के दरवाज़े तक।

महाकाल की मंद-मंद मुस्कान से
अपना मुखौटा खोलकर मैं फिर भी मस्त रहूँगी।

साल दर साल मुखौटे में मुस्कराई, रोई
ध्वस्त और तबाह हुई
सबने सोचा कितनी सुखी हूँ मैं
आँधी-तूफान आने पर
या भूकंप होने पर
या बाढ़-अकाल पड़ने पर
या देश तबाह होने पर

मुझे परवाह नहीं होती
कितना कठोर है मेरा हृदय
सबको स्वीकार लेता हूँ
समान और स्वाभाविक रूप से।

मेरी विश्वसनीयता पर तुम अंगुली मत उठाओ
मेरे प्यार और प्रतिबद्धता पर सवाल मत करो
साल दर साल का जख्मीपन और मौन
जब मुक्ति ढूँढ़ते हैं
उतर जाता है मुखौटा।

मेरा हूबहू अपनी तरह दिखना
शायद लोगों को आश्चर्य और अविश्वसनीय लग सकता है।

खुद ही खुद की अनुपस्थिति ढोते-ढोते
अंत में खुद से मिलने निकलने पर
मैं खुद ही टकरा जाती हूँ खुद से

क्या कहूँ तुमसे?

□□

विवर्तन

इतिहास से सुनाई पड़ते रुदन गीतों को
नज़रंदाज करते-करते
बीतने लगी है आयु।
आत्मा के एकांत आले में
अफसोस ही अफसोस है।

इतिहासकारों का एक समूह
अपनी-अपनी मौज़-मस्ती के लिए लिखते हैं इतिहास
जिसमें राजा होते हैं, प्रजा होती है
घटनाएँ होती हैं, दुर्घटनाएँ होती हैं
रुदन होता है, क्रोध होता है
युद्ध होते हैं, जख़्मी होते हैं
सम्मोहन होता है, षड्यंत्र होते हैं
सम्राट की शठता और कारनामें
युद्ध की परिणति और पीड़ाएँ
बन जाती हैं कहानियाँ
अपने-अपने अंदाज़ में।

क्रमशः भूल जाने की आदत से गढ़े
हमारे माथे पर इतिहास दमकता रहता है
इतिहास के घुप्प जंगल में
खून से लथपथ समय की कानी-उँगली
हमें दिखाई नहीं देती
दिखाई नहीं देते अस्त्र पँजानेवाले हाथ
मन के नीचे की क्रूरता, अविवेक
दिखाई नहीं देते, कुछ भी दिखाई नहीं देते।

इतिहासकारों के नाम
साफ दिखाई देते हैं आवरण पर
दिखाई देती है सिंहासन की ऊँचाई
जंगल में खो जाने का भय
हमें परेशान करता है,
हड़बड़ाते हुए किताब पढ़कर खत्म करने की बेचैनी
हमें अंधा कर देती है
पंक्तियों के बीच छूटता खालीपन
ओझल रह जाता है हमारी आँखों से
ओझल रह जाती हैं

दबी-दबी सिसकियाँ, उसाँसें
ओझल रह जाते हैं इतिहास में लटके
जाले और अविश्वास।

सीने में घुमड़ते विलाप
कितनी जल्दी बन जाते हैं विलास!

□□

जब तुम मेरे पास होते हो

जब तुम मेरे पास होते हो
मेरे पास शब्द नहीं होते।
जो-जो कहने को सोचती हूँ
भूल जाया करती हूँ।

अँधेरे में नहा-धोकर आने के बाद
इतनी निर्जनता छाई होती है कि
निर्जनता से भी और कुछ महार्घ हो सकता है
सोच नहीं पाती।

भले ही कभी-कभी तुम्हारी प्रगल्भता
मुझे हैरत में डाल देती है,
जीवन के प्रति एक दूसरा द्वार
उन्मुक्त होते समय
चौखट की रखवाली मैं ही तो करती हूँ।

सिर्फ चौख़ट ही नहीं
तुम्हारी इच्छा की,
सपने की,

संभावना की,
सीमितता की,
अन्यमनस्कता की,
अस्थिरता की
रखवाली में मैं ही तो बैठी रही हूँ
युग-युग से
भले ही कभी-कभी मेरी प्रतिबद्धता
तुम्हें और भी उड़नखोर बनाती है
सुदूर क्षितिज में प्रसारित शून्यता को देख
हर वक्त मैं ही तो इंतज़ार में रहती हूँ।

हमारे बीच
ढेरों बातें अनकही रह जाती हैं।

जब तुम मेरे पास होते हो
मेरे पास शब्द नहीं होते।

□□

शहर

हर बार पहचाना-पहचाना-सा लगता है
यह शहर।

शायद यह शहर
मुझे मुझसे भी अधिक पहचानता है
मेरा लालच, मेरी लालसा
मेरा पाप, मेरी प्रत्याशा,
मेरा नशा, मेरी निस्संगता
मेरा अहंकार, मेरी हताशा
सब कुछ जानता है
तभी मैं मुँह चुराती हूँ इस शहर से
कुछ-कुछ पहचानने का बहाना बनाती हूँ।

हर इंसान का चेहरा
जैसा बाहर से दिखता है
दरअसल वह मुखौटा है
जानता है यह शहर
मुखौटे के पीछे का चेहरा पहचानता है तभी
ताल मिलाकर चल रहा है समय के साथ,

हालात के साथ, घटनाओं के साथ, दुर्घटनाओं के साथ
अब तक जी रहा है, आगे बढ़ रहा है।

क्या हुआ यदि मैं कहूँ कि
इस शहर को मैं नहीं पहचानती
जैसे कभी-कभी मैं खुद को भी
नहीं पहचान पाती
विषादग्रस्त समय में तांडव मचाता है आतंक
बाढ़ के पानी-सा मेरे भीतर
समाता चला आता है यह शहर।

फिर एक सफेद चादर बन
ढक लेता है मुझे
शायद इसी वक्त मैं उससे कह सकती हूँ
मैं उसे बेहद चाहती हूँ
जबकि एक अनजान बन जी गई तमाम जीवन
विलास का सारेगामा गाकर दर्प उल्लास से
कामना-वासना और सपनों के बीच!

मेरे अन्य असंख्य भूलों की तरह
यह स्वीकारोक्ति भी
स्वीकार कर लेगा यह शहर सहज ही
कम से कम इतना तो विश्वास है मुझे
इस शहर पर।

□□

आईना

आईने में धुँधले दिखते चेहरे से
ढेर सारी बातें पूछने को जी करता है।

आँखों के नीचे काले धब्बे
साफ-साफ दिख रहे हैं
चेहरे पर थकान के समय की झाँईं
और भी चमक उठती है
रक्तहीन मुरझाए होंठों पर अनुत्तरित
अनेक प्रश्न दहकने से लगते हैं
आईने से मुँह मोड़ लेना
मज़बूरी बन जाती है।

मुझे जिस तरह देखता आया है आईना
मेरा चेहरा, मेरी मुखरता
मेरी लज्जा, मेरी क्रूरता
मेरा छल, मेरी शठता
मेरा अहं, मेरी लाचारी
मेरा उल्लास, मेरी उज्ज्वलता

कुछ भी प्रतिबिंबित नहीं होते अब
दिखती है तो महज कुछ उदासी।

पैंतालीस साल की एक औरत
जीवन से, समय से क्या-क्या
उम्मीद करती है
उसका प्रतिबिंब भी दिखता है आईने में
डर जाती है वह औरत,
क्या आईना इंसान का हूबहू प्रतिबिंब
अपने में दिखा सकता है?
घने जंगल में राह भटक जाना तो
आदत बन चुकी होती है।

आईने में भी वह घना जंगल
घुप्प अंधेरा, जीव-जंतुओं की चिंघाड़
जंगल को, जीवन को भोगना भी
विलास कहा जा सकता है।

□□

अँधेरे की आँखें

अँधेरे की आदिमतम दोनों आँखें
फोड़ डालूँगी, सोचा है।

यदि रात की आँखें
और अँधेरे की आँखें
एक जैसी हैं, कहते हो
मैं यह स्वीकार नहीं करती।

रात की आँखों से अँधेरे की आँखें
और भी भयावह होती हैं,
उन आँखों की दृष्टि में फैले होते हैं
ढेरों दुःस्वप्न, दुर्घटनाएँ
पाप और प्रलय
करोड़ों युग के।

पूछो मत किसी से!
खुद देखो, खुद ढूँढ़ो, खुद परखो
मिन्नतें करते हुए जितनी भी बार

खुद को निर्दोष कहा है अँधेरे ने
हर बार उसके निर्दोषपन से
उभरा है दुर्गंध, छल का।

जितनी भी बार मेरी घृणा से
जनमा है अँधेरा
ज़रा-सा दलदल या बम
बन गया है, हर बार।

दलदल में कहीं धँस न जाए पैर
कहीं फूट न जाए बम
उसी आशंका से आक्रांत है मेरा कविपन
सदा से।

आशंका के आकाश से भी उग सकता है
चौंधियाता सूर्य, विरोध का
रह सकता है सदा दपदपाता अविचलित
मानो कोई कह रहा हो, मेरे अंदर से।

उसी स्पर्धा में अंधेरे की ओर
तीर तानी हुई हूँ
इस बार फोड़ डालूँगी उसकी पुतलियाँ
इंतज़ार में हूँ

प्रतिज्ञाबद्ध हूँ।

□□

पाप शीर्षक से दूसरी कविता

पाप को लेकर पहली कविता
कब लिखी थी, याद नहीं।
पर पाप को लेकर दूसरी कविता
लिखते समय मेरी उम्र है इकतीस
कुछ और मोटा-सोटा चेहरा, पका हुआ मगज़
चौड़ी छाती, प्रशस्त कैनवस।

पहला पाप : दलित जन्म
दूसरा पाप : अभाव
तीसरा पाप : दावेदारी
चौथा पाप : व्यवस्था-विरोध।

इन पापों की सूची बनाते समय
एक विशाल उत्तेजना से काँप रही है
मेरे रोएँ की जड़ें, हतपिंड और माँसपेशियाँ
मेरे पीछे-पीछे भाग रहे हैं
लाखों सवाल, चाबुक और लाठियाँ।

नहीं, मैं डरपोक नहीं।
भाग नहीं रही

इंच भर भी नहीं खिसकी इस ज़मीन से
मैं स्थिर और अडिग हूँ
उसी एक बिंदु पर
मुझे दिख रही है सिर्फ चिड़िया की एक आँख
मैं तीर तान रही हूँ।
वह बिंदु
चिड़िया की आँख, एक ही लक्ष्य है
भेदना अनिवार्य है।

मेरी दृढ़ता
क्यों लग रही है उन्हें पाप जैसी?
इसीलिए कभी मैं खिल रही हूँ कली बन
तो कभी फूट रही हूँ बम बनकर
सुगंध फैले या राख उड़े
मुझे परवाह नहीं।

अपना हक़ साबित करने की प्रक्रिया
उन्हें क्यों लग रही है विद्रोह जैसी?
इसीलिए मैं जल रही हूँ, जलती जा रही हूँ
कभी बिजली बन तो कभी बारूद
यदि इस आँच से पिघल जाता है

सिंहासन या मुकुट किसी का
मुझे परवाह नहीं।

मेरे इस रात-दिन के संघर्ष को
क्यों कहते हैं वे देशद्रोह?
खास इसीलिए मैं पक रही हूँ
पकती जा रही हूँ
कभी क्रोध बन तो कभी करुणा
यदि उस पुकार से कोई खीझ उठता है
या मस्त हो जाता है
मैं कुछ नहीं कर सकती।

अभी तो शुरुआत है
तीव्र अपमान और वेदनाबोध के पेट से
देखो, फटकर बिखर जाएगा जो बीज
उगेगा विशाल वृक्ष बन
देखें कौन कहता है उसके फल को
पाप का फल

किसमें है हिम्मत!

□□

स्वप्न-बीज

जरा-सी मिट्टी में
बो दिया है एक स्वप्न-बीज

रोज सुबह उठकर देखती हूँ
क्या उग आए हैं पत्ते!

बिच्छू काटे का मंत्र जाने बिना
हाथ डाल रही हूँ साँप के बिल में
डसते ही चहुँओर अँधेरा
उस अँधेरे में भी पुते हैं
स्वप्न, केवल स्वप्न
नीली पड़ने लगी शिरा-प्रशिराओं के।

स्वप्न क्या है!
क्या घुड़दौड़ है!
प्रारंभ नहीं, अंत नहीं
अनंत राह है
ऊबड़-खाबड़, वन-जंगल
सिर्फ दौड़ते रहना ही सार है।

क्या दौड़ का नाम प्रगति है!
प्रगति एक सन्नाटाभरी दुपहरी है
या सुनसान आधी रात
जहाँ अनवरत चलता रहता है
मुखौटा नाच, चेहरों की अदला-बदली।

(दो)

स्वप्न-बीज अँकुरा नहीं रहा
सिर्फ अँकुरने-अँकुरने में
बीत गए छिहत्तर साल
खान-खदान, जल-ज़मीन-जंगली जगहों पर
कारखाने, कंक्रीट शहर
पनपने लगे उद्योग
बच्चों, भारत एक उद्योग प्रधान देश है।

वह उद्योग ही प्रगति है।

पूरे आसमान में धुआँ
हवा में घरघराता भीषण शोर
सुन्न पड़ जाते हैं कान

उद्योग के कंधों से टिककर
बढ़ रही है समृद्धि, गगनचुंबी

पूरे नक़्शे पर है समृद्धि।

(तीन)

इन सबमें स्वप्न कहाँ है पूछते हो!
है। है।
उद्वेग में, उत्तेजना में
उत्साह में, उत्कंठा में
अँकुरा रहा है स्वप्न।
पत्ते उगेंगे, फल आएंगे।

इसीलिए तो
रोज सुबह देखा करती हूँ
वह गमला
जिसमें छिहत्तर साल पहले
एक दिन आधी रात को
बोया था एक स्वप्न-बीज।

□□

स्वाभाविक

क्रोध के शिविर से
बाहर निकली एक परछाई
चलती गई, चलती गई
बन गई हड़ताल।

अपने पँजरे की हड्डी से बनाया
हथियार,
प्यास बुझाने के लिए
अपनी शिरा खोलकर
पी गई खून, भर-भर चुल्लू।
उसकी हुँकार से
हथियार की खनक से
काँप उठा खंडमंडल।

आँसू गैस, गोलियाँ
अतलतल को भेदने पर भी
राजमार्ग पर डटी रही वह परछाई
कहा, मुझे न्याय चाहिए।

किससे कहा?
अदालत से, सरकार से, टी वी से
या अखबार से!

पुलिस बयान लेते वक़्त
भूल गई यह एक पंक्ति
संवाददाता रिपोर्ट बनाते वक्त
लिख नहीं पाया ये शब्दपुँज
वह चीख उठी,
बोली, न्याय दो, वरना
फैल जाएगा आग का तांडव।

टी.वी. पर ख़बरें देखते वक़्त
मैंने देखी उस परछाई को
परछाई तो नहीं, एक आग का गोला
विस्थापन की आग, धर्मांधता की आग
देहरी, भाग्य, स्वप्न, संभावना
उजड़ जाने की आग को

कमर में बाँधे तांडव कर रही है वह
कब से वह अपनी ही दुश्मन बन गई।

एक सौ बीस करोड़ लोगों में
एक मैं
मेरा हँसना जैसा है, रोना भी वैसा ही
क्रोध जैसा है, करुणा भी वैसी ही
विरोध जैसा है, पश्चाताप भी वैसा ही।

वह परछाई आग बने
या राख
सब देखूँगी
और न देख पाने-सी चुपचाप
रह जाऊँगी—अति स्वाभाविक।

□□

तारीख

तारीखें धीरे-धीरे घुल जाती हैं
पसीने में और खून में।

चिकने समय से गिर पड़ती हैं
कैलेंडर की फ़र्द दर फ़र्द
कहीं न कहीं
उड़ जाती हैं हवा में।

उम्र बढ़ने पर सब कुछ
धुँधला दिखाई देता है
याद कराने का आग्रह नहीं होता
घटनाओं का क्रम
कुछ तारीखें खुदी होती हैं
सीने के पंजरे में
तो कुछ घाव बनकर टभकते हैं
महाकाल के इशारे से।

वादा करके न लौटी तारीखें
अभी भी पड़ी हैं आँखों की कोर में

आँसू बनकर बह जाती हैं जो समय-असमय
बिना किसी रुसवाई या आरोप के।

न जाने मैं किसका इंतज़ार करती हूँ
हर साल सत्रह अप्रैल को!
उनींदी आँखों से!

अपने भीतर से बार-बार जन्म लेती हूँ
इसी तारीख को
फैल जाती हूँ दुनिया में
न जाने किस-किस की शुभकामनाओं के
इंतज़ार में।

□□

अधपगली

गाय की आत्मकथा, वसंत ऋतु ,
बाढ़, घर में आग लगने की बातें
लिखते-लिखते
फैल गई कहाँ से कहाँ।

अब जो लिख रही हूँ
वह सिर्फ भावुकता है।

मैदान में खेल रहे कुछ शरारती बच्चे
घुस आते हैं मेरी कविता में।
उनका खेल देखते-देखते मैं पहुँच जाती हूँ
स्कूल के मैदान में
मस्त हो जाती हूँ, बहूचोरी, लुकाछिपी,
खेलों में।
ये देखो, घुँटने छिलकर
खून रिसने लगा है
ध्यान नहीं है मेरा,
न जाने कहाँ कैसे गिर पड़ी?

आसमान में उड़कर जा रहा पक्षियों का झुंड
आकर बैठ चुका है मेरी पलकों पर
अपनी-अपनी नीरवता को खोंपते जा रहे हैं
क्या बतिया रहे हैं वे आपस में
किस भाषा में?

फेरीवाले की आवाज आ रही है
खिड़की के उस पार से
सोनपापड़ी वाले की भी।
मैं हड़बड़ाकर उठ जाती हूँ
पढ़ाई के बीच से, खाने के बीच से, आधी नींद से।
डाँट सुनाई पड़ती है पिता जी की,
थोड़ी देर में पड़ेगी मार
और कुछ नहीं घुस रहा सिर में।
उस फेरीवाले, सोनपापड़ी वाले की आवाज
रुक-रुककर सुनाई दे रही है,
उठकर दरवाज़ा खोल देती हूँ
तो कोई नहीं होता

वह आवाज है या आवाज का भ्रम
सोच रही हूँ।

कविता लिखने से ऐसा होता है
कहता है कोई-कोई
आधी जाग्रत, आधी निद्रित अवस्था में
शायद जी रही हूँ मैं
दुनिया कहती है मुझे, अधपगली।

□□

सहयात्री

कहानी का मतलब क्या?
कुछ देर तुम्हारा गुमसुम बैठना
कुछ देर मेरा आकाश की ओर ताकते रहना
इतने में ही बीत जाता है समय।

हमारे अंदर का अद्भुत अँधेरा
तरह-तरह से हमें
उल्लसित करता है, अधीर करता है
उद्भासित करता है, उदास करता है।
सबसे कह नहीं पाती।

हाथ थामकर चल रहे हैं एक-दूसरे का तो
पार कर चुके हैं कितने ऊबड़-खाबड़
और समतल रास्ते
नदी, समुद्र, रेगिस्तान और पहाड़
जंगल, शहर और गली-गलियारे आत्मा के।

दुख से भरा जहाज आकर
जितनी भी बार रुका है तट पर

तुम्हारे या मेरे
कितने धीरज के साथ
खाली किए हैं बोझ
हर बार।

अँधेरे से डरती हूँ
तभी तुम गीत गाए जा रहे हो
जो गीत मुझे अनमना करते हैं
आह्लादित करते हैं
जो गीत मुझे पागल बना देते हैं
तुम्हारे प्यार में

फिर भी ढेरों बातें अनकही रह जाती हैं
हमारे बीच
क्या तुम जानते हो कि
रूठने का भी एक संविधान होता है
ख़ालिस प्रेम में।

तुम्हारे सुख-दुख, अभाव असुविधाओं
सपनों और संभावनाओं की रखवाली करती

मैं उनींदी बैठी रहती हूँ
तुम्हारी आत्मा की चौखट पर
तुम्हारा गीत सुनने को कान लगाए रहती हूँ
अँधेरा घना होते समय
तुम्हारी सहयात्री होने की कामना करती हूँ
हर जन्म में,
शायद तुम नहीं जानते।

शायद तुम नहीं जानते
हर बार कैसे मैं और भी
नशाखोर बन जाती हूँ
तुम्हारी चाहत के नशे में।

□□

जीवन

ढाबे के टूटे बेंच पर बैठा चाँद
ऊँघ रहा है।

तंदूरी रोटी, दाल फ्राई खाते-खाते
अचार और नमक मिर्च-प्याज
मांग रहा हूँ मैं
सुनने वाला नहीं है कोई
गा रही है रात दुख के दोहे।

सच है या सपना?
सपना है या सच?

क्या-क्या सपने देखे
कल रात? सोच रहा हूँ।
कितना हास्यास्पद है सच में
मेरा इस तरह बड़बड़ाना नींद में
रात के सवा दो बजे
राष्ट्रीय राजमार्ग किनारे ढाबे में।

कुत्ते भी ताल मिला रहे हैं
मेरे दुख के साथ समान लय में।

दो हजार मील दूर है, गाँव
गाँव में कौन-कौन हैं
घर की दीवार का रंग कैसा है
घास-फूस की झोपड़ी या पक्का घर
इंदिरा आवास या प्रधानमंत्री आवास योजना का घर
नमक-मिर्च देने वाला छोटू
बातचीत करने के बाद
जा चुका है कब का
मैं फिर भी पूछ रहा हूँ उससे
पूछता चला जा रहा हूँ।

अरे छोटू!
जीवन को नमक-मिर्च लगाकर
चाटा है कभी?
ले, चाट ले। दुखी मत हो
हर किसी का एक घर होता है

घर में दीवारें, छतें होती हैं। नहीं भी होतीं।
पर होती है सबकी एक कहानी
कहानी के हाथ पैर होते हैं।

देख मुझे
हाथ-पैर फैलाए कैसे लेटी हूँ यहाँ।

□□

महाकल्पना

अखबार के पन्ने से निकल आई है
आँख की एक फटी-चीथड़ी पुतली
न जाने किसकी है?

बम से चिथड़ने से पहले
वह भी तो रही होगी हूबहू
किसी भी इंसान की आँख-सी
उस आँख से दुनिया को जैसा देखा होगा उसने
हमारी दुनिया शायद कुछ-कुछ वैसी ही
या बिलकुल वैसी नहीं है
जबकि उसमें बहने वाला खून
निश्चित ही एक जैसा है।

वह आँख की पुतली कोई आईना हो मानो
जो कुछ उभर रहा है उसमें
काँप उठती है छाती
खून पानी बन जाता है।

कितना वीभत्स बन सकता है
मनुष्य का तुच्छ अहंकार

क्षमता का नशा कैसे कर सकता है
सृष्टि को तहस-नहस
वह आईना कहता है।

उस आईने में अपना ही चेहरा
देख रही हूँ मैं
मेरे अंदर के सारे लोभ,
सारी लालसाएँ छिन में
समा जाती हैं कहीं
मैं स्तब्ध रह जाती हूँ।

हर इंसान की आत्मा में
काश, जड़ जाता यह आईना
साफ दिखने लगता अभ्यंतर
इंसान शायद इंसान-सा जीता
शायद दुनिया कुछ और हरी-भरी,
कुछ और सुंदर लगती।

□□

युद्ध के बाद का समय

सिंहासन का दृप्त अट्टहास
या समय का पश्चाताप
क्या बचा रहता है आखिरकार इतिहास में?

अपने-अपने आग्रह के मुताबिक
इतिहास में शब्द टटोलने वाले लोग
क्या छू पाते हैं रक्त के दाग, आँसुओं के दाग?
कतारों के बीच के खालीपन और
अक्षरों के बीच की शून्यता में
पसरी होती है रणक्षेत्र की भयावहता
इंसान की बिलखती चीखें
खड़े हो जाते हैं रोएँ।
उजड़े हुए एक देश में
फहर रहा है झंडा किसी दूसरे देश के
गर्व, अहंकार, औधत्य और उच्छृंखलता का।

युद्ध के समय मासूम बच्चे
क्या करते हैं?
बंदूक की गोलियों से

लुढ़क गए होते हैं माँ-बाप
बम के प्रहार से
तबाह हो चुके होते हैं घर और शहर
इत्तफाक से बच गए बच्चे
विध्वस्त ज़मीन पर बैठे रह जाते हैं दिनों दिन
फिर लापता होने लगते हैं।

सम्राट को फ़र्क़ नहीं पड़ता
अंगुली की टीप छूते ही
छिन में मरघट में
तब्दील हो जाते हैं देश,
सम्राट का निर्देश सिर-माथे पर।

किसी शिशु की सहमी हुई दृष्टि
इतिहास में जगह नहीं पा सकती।
पल-पल का विवरण इतिहास नहीं रखता।
तुम्हारी-हमारी खामोशी में शायद
वह दृष्टि औचक घुस सकती है
और हमें अंधा कर सकती है छिन में।

बात का छोर अधिक समय तक पकड़े रहने की
आदत नहीं है हमारी
युद्ध के बाद के समय में
कहीं हाहाकार तो
कहीं हँसी-मज़ाक का स्वाभाविक संसार
इतनी बड़ी तबाही के बाद।

□□

चलती तो जा रही हूँ

चलती चली जा रही हूँ
कौन जाने, कहाँ रुकूँगी?

पूरे रास्ते मिलते हैं
ढेरों जाने-अनजाने लोग
पूछते हैं कुशलक्षेम
आगे बढ़ती चली जाती हूँ।

शायद किसी दिन रुक जाऊँ
शायद फिर जवाब न दे पाऊँ
किसी के सवाल का
शायद फिर न पहचान पाऊँ किसी को।

अपना समझकर जितना कुछ
इकट्ठा किया था जीवन भर
धन, सम्मान, प्रतिष्ठा, प्रतिपत्ति
सब छोड़ जाऊँगी एक न एक दिन।

बन जाऊँगी तस्वीर
किसी के कमरे की दीवार पर तो
किसी के मन की दीवार पर।

सोचती हूँ, किस तस्वीर में
लगी हूँ मैं सबसे अधिक हँसमुख और जीवंत
जीवन भर?

लोग अँधेरे से प्यार नहीं करते
पर ईर्ष्या करते हैं उजाले से
मैं चाहती हूँ बन जाना
जीवनदायी उच्छ्वास-रस।
तसवीर से और भी जीवंत
और भी हँसमुख लगूँ।

चलती तो जा रही हूँ
कौन जाने, कहाँ रुकूँगी?

□□

धर्मपद : एक

उस दिन क्यों छलांग लगा दी मैंने समुद्र में
बहुत से लोग नहीं जानते।

इतिहास से परे कुछ अदृश्य सत्य होते हैं
बहुत से लोग नहीं जानते।

उसी कुछ अदृश्य 'सत्य' में होता हूँ मैं
विलाप, विषाद या विषोद्‌गार बन
बहुत से लोग नहीं जानते।

समुद्र जो कुछ ले जाता है
कहते हैं हू-बहू लौटा देता है
कहाँ, उस दिन तो अक्षत लौटकर नहीं आया मैं।

आखिरी बार देखा था
बप्पा की पुतलियों में कितना गाढ़ा था अंधेरा!
इतनी विवशता, इतनी अधीरता थी कि
उस अँधेरे की ओट में
उनसे मिलते ही चौंक उठा था मैं।

उस अंधेरे ने राह भटका दिया मुझे
मेरे विवेक की सँकरी गली में,
उस पूरी गली में अजीब से द्वंद्व, अजीब से प्रश्नचिह्न थे!
सबके उत्तर तलाशने होंगे मुझे
रात ढलने से पहले।

गाँव से चलते वक्त
माँ की आँखों में भी था
चुटकी भर अँधेरा
उस अँधेरे ने भी
कुछ देर मुझे बेचैन किया था
कैफ़ियत मांगी थी
और मेरी लाचारी
बड़ी तीव्र गति से फैल गई
मेरी शिरा-प्रशिराओं में!

कुछ देर लटका रहा मैं
अनजाने आतंक-सा कुछ
तिर गया माँ के आँसुओं में

जिसे आखिरी बार छूआ था मैंने
गाँव से चलते वक्त
जब माँ ने मेरा माथा चूमा था।
इस वक़्त जितनी अधिक याद आ रही है वह घड़ी
राह भटक जाता हूँ
माँ की आँखों में।

जब बारह सौ कारीगरों ने बप्पा से पूछा था
"बारह सौ" कारीगरों के या पुत्र के
किसके पक्ष में हो तुम?
रह-रहकर यह सवाल मुझे
अधीर और उच्चाट करता है।

इतिहास में अमर होने के लिए नहीं
मेरा यह फैसला शायद
बप्पा का मान रख सकता है
उनके सगे-संबंधियों और समाज में
उस घड़ी इतना ही
'सच' था मेरे सामने।

इतिहास से कौन पूछता है?
एक बार जड़ बन जाने पर
इतिहास में क्या लिखा गया, क्या नहीं
मेरे किस काम का?
बप्पा का मान-सम्मान ही
सबसे बड़ा सच है
ऐसे वक्त में।

□□

*ओड़िशा के कोर्णाक मंदिर के मुख्य शिल्पी बिशू महारणा का बारह वर्ष का पुत्र जिसने तत्कालीन राजा लांगुला नरसिंह देव प्रथम के क्रोध से अपने पिता और मंदिर के बारह सौ शिल्पकारों की जान बचाने के लिए इस मंदिर का शिखर रातों रात बनाया था। शिखर बनाने के बाद धर्मपद ने मंदिर के ऊपर से समुद्र में छलांग लगाकर अपनी जान दे दी, ताकि उसके पिता और बारह सौ शिल्पकारों का सम्मान बचा रहे और उन्हें राजा के कोप भाजन का शिकार भी न बनना पड़े। यह लोककथा ओड़िशा में प्रचलित है।

धर्मपद : दो

सूर्य की पहली किरण मंदिर का शिखर छूते ही
मैं भी सिहर उठता हूँ अमित उल्लास से।

उस उल्लास का नाम नहीं होता
न होता है रंग या आकार
फिर भी वह उल्लास छनका देता है
अभ्यंतर मेरा
कुछ पल के लिए सही
मैं भी बन जाता हूँ
सुनहरे प्रकाश की धार।

क्या शताब्दियों बाद भी
ज़िंदा रहती है आत्मा?
कर सकते हो यह सवाल?

जब तक यह कोर्णाक मंदिर है
तब तक मैं हूँ और रहूँगा
किसी के मन में एक सवाल बन
तो किसी की आत्मा में एक उदासी बन,

किसी की पुतलियों में
चुटकी भर अन्यमनस्कता बन
तो किसी के लिए
एक शांत प्रतिवाद बन।

जो जैसा चाहे बखान करे मेरा
कहानी या कविता में
जी तो रहा हूँ एक प्रतीक बन
इतिहास के पन्नों में!

□□

धर्मपद : तीन

समय के उल्लास के लिए
नटी खड़ी रहती हैं
युग दर युग
मौन मुद्रा में।

रहती भी हैं वे किसी-किसी के
कैमरे के लैंस में
रंग, कूची और कैनवस में
मन में, सीने में,
सपने में और अन्यमनस्कता में।

नटियों का मौन
किसे किस तरह आक्रांत करता है,
रात गहराने पर निकल आती हैं वे
अपनी-अपनी देह से,
बतियाती हैं अपना दुख, अपनी पीड़ा
किस पर्यटक ने कैसे छुआ था उन्हें
कहाँ फेरी थी अपनी अँगुलियाँ
कभी सिहर उठी थी उनकी देह तो

कभी शिथिल पड़ने लगी थी
किसके स्पर्श से?

जुबान हो, तब ना!

युग दर युग खड़े रहना
उसी एक मुद्रा में
कितना कष्टकारी है, सचमुच!

मैं तो अशरीरी हूँ,
तब से भटक रहा हूँ
अमोक्ष, अतृप्त इस खंडमंडल में
मेरा कष्ट कितना तुच्छ है
उनकी पीड़ा की तुलना में!

□□

पुरी

पुरी : एक

पुरी : एक प्रश्नचिह्न है
जो क्लिष्ट से क्लिष्टतर और
दीर्घ से दीर्घतर हो फैल जाता है
मेरे अस्तित्व के अतलतल में
उचककर देखने से अँधेरा होता है
सिर्फ अँधेरा
सिर्फ दो आँखें!

पुरी : दो

थककर लौटी हूँ रथ-मार्ग से।
दुख की जो लंबी सूची है
मेरे सीने में
किसी को दिखाने का साहस नहीं होता
अंधेरे में निकालती हूँ मैं वह सूची
दुख की, मान-मनौव्वल की।
शिकायत की वह लंबी फेहरिस्त
छियालीस सालों तक जीने की निरर्थकता
और थकान और अस्थिरता और आतंक

खामोशी से पढ़ती हूँ और सोच लेती हूँ कि
जिससे रूठना था
शायद वह सुन रहा है मेरी सारी बातें
खुद को दिलासा देती हूँ
संभावना से मुँदने लगती हैं आँखें
नींद समा जाती है आँखों में
रात बीत जाती है।

पुरी : तीन

कई बार मैंने सोचने की
कोशिश की है
उन आँखों के बारे में,
आँकनी चाही है आँखों को
हर बार सारे रंग आकर घुल-मिल जाते हैं
एक ही रंग में
सिर्फ काला रंग बन जाता है।

पुरी : चार

छद्मवेश में कोई आता है
मेरे सपने में
न हाथ होते हैं, न पैर होते हैं उसके
होती हैं, सिर्फ दो आँखें
वे आँखें भी

हृदय को झकझोरती हैं!
जीने की तमाम संभावनाओं में
टँगा हुआ प्रश्नचिह्न गायब हो जाता है
खुशबू से महक उठता है अस्तित्व
वर्तमान जीवन-जीवन-सा गमकता है।

पुरी : पाँच

कभी-कभी
मैं खड़ी होती हूँ
तुम्हारे सामने
काँपता रहता है मेरा बदन,
आँखों से बह रही होती है आँसुओं की धार
पर तुम उसी तरह
अपने आसन पर
निर्विकार बैठे होते हो।

जो-जो कुछ कहने को सोचा होता है
सब भूल जाती हूँ।
तुम्हारी आँखों की माया मुझे रुलाती है
झकझोरती है, अधीर कर देती है
भावुक कर देती है
पर कहला नहीं पाती कुछ।
तुम्हें और भी अधिक

चाहने की इच्छा होती है मेरी,
क्या यह चाहत भी
इतनी लोभनीय लाचारी हो सकती है!

पुरी : छह

इस बार भी नहीं मांग पाई।
मत्था टेकते समय
हर बार की तरह
इस बार भी भूल गई
क्या-क्या मांगने आई थी
लौटते समय ही निगाह पड़ी
चप्पलों पर
हाय! चमड़े की चप्पलें
तीन महीने से बारिश में भीग-भीगकर
फूलकर बेकार हो गईं।

देखो, उधर ट्यूबवेल किनारे
पसरी है कोहड़े की बेल
तीन फूल भी निकल आए हैं
बहुत स्वादिष्ट लगती है
माँ की हाथों से बनी
इन फूलों की पकौड़ी!
अंधे बुढ़ऊ की कटोरी में

एक-एक रुपए के चार सिक्के
कल्पवट पर बैठी सोनचिरैया
फुर्र से उड़ गई
जी भरकर देखते-देखते (हूबहू सुख जैसी)।
टोकरी भर फूल लिए गूँथ रही है माला
विधवा युवती
क्या कुछ नहीं गँवाया उसने असमय ही
अपनी तक़दीर के वृंत से!
मंदिर की बाईस सीढ़ियों पर
लोटनेवाले अंधे, मूक, बधिर बच्चे की
आँसू और सिसकियाँ एकाकार हैं।
निर्वाण की यह कैसी बेचैनी है इस उम्र में!
मेरा दुख कितना तुच्छ है!
कामनाएँ भी
इतनी निरर्थक और अवांतर कि
तुमसे कहने में शर्म आती है
इसलिए हर बार लौट आती हूँ
अपनी मामूली-सी अधीरता लिए
इतनी थकावट, इतने पथश्रम के बावजूद।

एक शालग्राम,
दक्षिणावर्त्त शंख
निर्माल्य (सूखे प्रसाद) की पुड़िया

लाने को कहा था घरवालों ने
आते समय खांटी रबड़ी
बिक रही थी चंदनपुर चौराहे पर,
लौटते समय भी मिलेगी तो!
यदि किलो तीन सौ रुपए से कम न किया
तो क्या लाभ ले जाकर!

न जाने कब से
अठारह हाथ का झंडा चढ़ाने की
मन्नत मांगी है तो मांगी है
दुर्घटना दर दुर्घटना
समस्या दर समस्या
कभी पैसे नहीं होते तो कभी समय
तबादले का आर्डर नहीं हुआ रद्द अब तक,
हो जाता तो कर्ज़ चुका देती
भला इसमें कम परेशानी है
क्या इतना भी नहीं समझते हो ईश्वर!

इन बाईस सीढ़ियों पर है कितनी भीड़
चबूतरे पर कितनी धूल
जगह-जगह पलस्तर छूटकर
दिखने लगा है असुंदर, मेरे भाग्य जैसा
लेकिन बचपन के दिनों-सी आज भी

कितनी आत्मीय है हवा!
कितनी अवर्णनीय शांति है इस अहाते में!
घर लौटने पर
फिर वही ढाक के तीन पात
जीवन बैताल बनकर
लटका रहेगा कंधे पर।

पुनः घर लौटकर
पहाड़े-सा दुख, अभाव
रटूँगी, हे ईश्वर
और लौटकर आने पर सुनाऊँगी
अगली बार।

□□

रफ्तार

तेज से तेजतर भाग रहे शब्दों को
मेरा प्रणाम।

मुलायम धूप में पैर पसारे बैठी हूँ
सुड़कती जा रही हूँ चाय, आलस तोड़ रही हूँ।

जीवन को थोड़ा-थोड़ा करके
रुक-रुककर जी रही हूँ।

मेरे मन की सुनसान कोठरी में
ताला लटक रहा है
शायद मैं इंतज़ार कर रही हूँ कि
कोई आएगा और आने से पहले
मैं धूल और जाले झाड़-झूड़कर
इत्र छिड़ककर महका दूँगी कोठरी,
शायद हम बैठकर बतियाएँ
जीवन की छोटी-छोटी खुशियाँ और दुख
प्राप्ति और अप्राप्ति के बारे में
दिन और रातों के बारे में।

कोई आए तब ना!
वह कौन है जिसके
इंतज़ार में हूँ मैं
और जिसके साथ
इतनी अंतरंगता से
खोल सकती हूँ खुद को
अति सहजता से!

शब्द बात मानें तब ना!
आईने में दिखता प्रतिबिंब
क्या अपना होता है सचमुच?

शब्द अब भी दौड़ रहे है
तेज रफ्तार में।

□□

जब शब्द नहीं थे

जब शब्द नहीं थे
तब भी
सूरज सूरज-सा
चाँद चाँद-सा
रात रात-सी
दिन दिन-सा था।

सिर्फ मैं ही थी कुछ और गोरी
कुछ और हँसमुख
कुछ जीवंत और जिद्दी।

जब शब्द नहीं थे
धरती पर बिखरी चाँदनी में
फूलों की तरह खिल उठते थे
गुच्छे-गुच्छे सपने
सवाल नहीं थे
जवाब नहीं थे
अभाव नहीं थे
घुटन नहीं थी

थी सिर्फ
पक्षियों की चहचहाहट
हुलसती घड़ियाँ।

जब शब्द नहीं थे
नारे या षड्यंत्र नहीं थे
शंका या संदेह नहीं थे
थे सिर्फ
समय के पारदर्शी जल में
असंख्य प्रतिबिंब,
इंसानियत के।

जब शब्द नहीं थे
बम के धमाके से
अभ्यस्त नहीं थे लोग
नहीं देखे थे युद्धपोत, बंदूकें
नहीं सुनी थीं समय के कोलाहल, भयावह चीखें
नहीं था डर मनुष्य को मनुष्य के छूने का।

जब शब्द नहीं थे
सच्चाई के रंग
सौहार्द के रंग
सद्भावना के रंग
कुछ और हरे थे
कुछ और सुंदर और साफ।

जब शब्द नहीं थे
मैं भी थी अधिक जीवंत
और जिद्दी।

□□

www.ingramcontent.com/pod-product-compliance
Lightning Source LLC
LaVergne TN
LVHW090351051026
849518LV00006B/2108
* 9 7 8 9 3 5 8 6 9 3 7 4 4 *